既然死了，沒關係

阿谷 著

既然死了，沒關係
作者／阿谷
策劃編輯／賴百樂
美術設計／陳詩韻
出版發行／突破出版社
香港沙田亞公角山路 33 號突破青年村
電話：2632 0000　傳真：2632 0388
電郵：breakthrough@breakthrough.org.hk
網址：http://www.breakthrough.org.hk
http://www.btproduct.com
承印／陽光（彩美）印刷有限公司
2021 年 11 月初版 1 刷

It Doesn't Matter Anyone
by A Gu
First Printing, First Edition, November 2021

Printed in Hong Kong
ISBN 978-988-8562-57-2

誠邀閣下就突破出版社的書籍發表意見

歡迎加入突破書籍 Facebook page — http://www.facebook.com/btbooks.page

本書採用環保油墨印刷

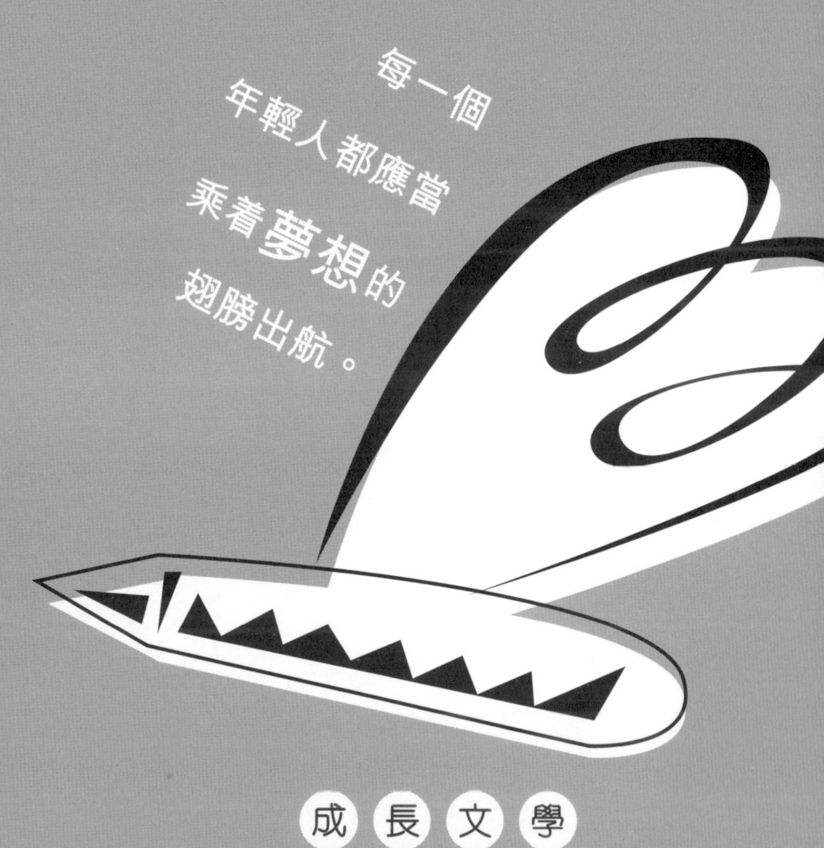

成長文學

目錄

第一章　一名當鋪住客的視覺

一名住客，住在一間當舖內。時間向前推移。牆身糊着錢幣圖案的牆紙與牆壁之間出現灰塵，住客的祖父母輩按着本能養育後代。春去秋來。昔日選定的當舖有不多不少的變化，譬如，老掌櫃移民美國，譬如，銅牆鐵壁的儲貨間改建成無塵智能訊息中心。住客認為的最大改動，莫過於把門前那幅寫上「押」字的花梨木大屏風往後移，直逼當年大掌櫃做交易高踞的地方。……除了語帶一點唏噓，住客的祖父母輩對當舖作為安身的居所大體滿意，並告誡兒孫們，如非不得已，都不要搬家。

住客曾經疑惑：「有危險呢？遇到危險怎麼辦？」住客的疑惑引得爸爸大笑，還記得，爸爸嗆笑得把口中正吃着的豐富蛋白質噴了出來。

爸爸說：「你指的是死亡的危險？遇到危險，只有兩個下場：一是脫險，一是遇難身亡。如果脫險，那就萬幸啦！如果死了，便沒有關係，既然死了，還有什麼值得的關係。」

住客弄不懂「沒關係」，倒遇過不少次的萬幸。正當住客開始淡忘沒關係，當舖空間忽然縮小，空氣中氧氣成分變得不穩定。當舖多了四個人。住客不得不提高警覺。其中一名，唯一的女性，更引起住客大大的不安。少女面部表情豐富，肢體繃緊，像有千軍萬馬儲藏體內，一觸即發。住客居高臨下，偷眼望向少女——糟！住客的眼神和少女碰上了！

——黃色瞳孔，一隻壁虎，俗名四腳蛇。少女完成分析。少女冷笑一聲，壁虎全身震動一下，繼而伏在原來的地方，極力假裝，自我催眠——我是一幅牆，我是一幅牆。少女移開視線。靜待好一會，壁虎睜開眼睛，少女感覺一丁點黃色的微光。壁虎瞬即一蹦，隱藏了。又一次贏得萬幸。少女不屑，「哼」的一聲。

嗞——嗞嗞——

一張滑動椅溜到少女面前。

「你哼什麼？」一名青年蹲在滑動椅上，雙手垂在膝蓋前，假裝一臉正經。

「我沒有。」少女狡辯。

「你有。」趨前。近得兩塊臉快碰到一起。

「如果你碰到我，你死定了。」

「想嗎？你休想。」

嗞——

青年又轉開了。轉體三百六十度。正面望着少女：「解題了沒有？求我啦。」

「呸！」

能夠激怒少女，青年咯咯大笑。

這名青年，學員甲，一來到當舖——易偵探培訓中心——便看上中心內唯一一張有輪的椅。按着兩邊的扶手，一躍跳上去，再轉身時蹲時坐，向各人傻笑敬禮——椅子是我的啦！他並不需要任何培訓，也不特別鍾情於偵探工作。

流動，他嚮往的是流動，任何形式的流動。他有無窮的動力去流動，如果有無盡的資源能增加他的流動性，他非常樂意參與。青年剛從台灣流動回來，他哥哥給他遞上一張表格：「在你開口問我要『流動資金』之前，不如你自己去籌辦資金。」──一家私家偵探社徵收初級學員的報名表格。一旦取錄，有生活費，有房屋津貼，完成三個月培訓並通過考核，會優先聘用！

青年不在乎聘用，聘用代表停止流動，只是在當下，偵探訓練應該是一項不錯的選擇。他從哥哥手裏接過表格，上網查證易偵探事務所資料，又到現場實地考察。一切無疑，並非騙局。偵探社在牛頭角，頗有規模。接待室掛滿嘉許狀，中央一塊展板介紹了偵探社的緣起──最初在土瓜灣一間當舖權充偵探社，社長居巽圓帶着兩三名私家偵探屢破奇案，成為香港唯一一家註冊非牟利查案機構。隨着業務壯大，回饋社會，成立了青年偵探培訓基金。

然後，青年順利成為學員甲。學員甲對自己能成為學員並不稀奇。稀奇的是，通過考核錄用的學員只有三人！甲乙丙，連丁都數不到。少女就是學員乙，學員乙正在一道牆上拉筋。學員丙呢？學員甲假裝自己是一輛自動駕駛車：「命令，轉彎。」

「咦？」

卡住！扶手上有一隻肥大的手。

「你解題了？我沒有想法。嘻。」

擁有肥大手掌的人是學員丙。陽光臉，牛的身軀，寫散文的腦筋。

「大帽山黎明時的霧氣。」今早醒來，學員丙在煮早餐時寫了一段有關霧的散文，貼在冰箱上。妹妹倒牛奶時瞥了一眼。

「哥，箱根呢？你答應過寫箱根的霧呢？」

「易卦雷動！」學員丙一臉笑嘻嘻，拍拍後腦勺。

「什麼？」妹妹抬起臉。

「我也不知道自己在說什麼！只想起入門口那塊大板上寫的——」

「易！」兩兄妹異口同聲。

學員甲要流動，學員丙則想靜止。

他真心想通過考核，一心一意留在一個位置上。陽光臉讓他見的每份工幾乎馬上被錄用，牛的身軀和散文腦袋卻讓他很快被踢出局。

「你牛在這兒幹什麼？」總是這樣的下場。

在牛頭角的易偵探社總部面試時，面試官說：「給我一個錄用你的理由。」

「牛在一塊草坪吃草，草吃光了。牛牛在那兒，拉糞施肥，等草重新長出來。陽光雨露牛出新的綠芽，牛對着嫩芽，牛出了想法。」他作了一段短散文回答，結果，神牛！過關！

「哥，今日的解題你會過關嗎？」好問題！三個月的培訓，在土瓜灣老店舉行，包括個案討論、名著導讀、社區服務，最吸引和最要命的是解題。有獎金，使學員之間有競爭。不過，聽好了，學員之間必須互助合作，又必須爭取領導位置。由審查官裁決誰獨吞獎金，又或者瓜分。經過三次的解題，學員丙牛出了想法，就是不動如山，偶爾加插一兩句。成功在望！學員丙從來不會領導解題，然而，獎金也永不落空。

「無論什麼樣的解題，哥答應你，不會空手而回。」

妹妹呼一口氣：「那就好了。幸好你認識審查官。」

「審查官？」

「你説的嘛！摸熟了審查官的脾性，幫忙買六合彩。」

「呀！你記住了。」

「當然。」妹妹笑得燦爛。

審查官卻一點笑容也欠奉。

「我是審查官。稱呼阿Sir？不要。不吉利。審查官就是審查官。」審查官背着手走來走去。

他是一名退休總督察，正在吃長糧。據聞嗜賭成性，長糧直接由政府庫房存到他妻子的戶口。

「義務性質。提供協助要額外計算。」第一天，審查官便拿出一疊支出單派給學員。補了一句：「多加利用。」天知道義工費非常可觀呢！沒有人使用額外的支出單，審查官再也找不到笑的理由，於是埋首填六合彩票。本來泥黃的臉色，隨着輸掉的六合彩近乎赭黑。

「丙，給我兩個號碼。」學員丙隨便說了。

「那就剔除這兩個。」審查官認真填了五張。不待審查官吩附，學員丙就出發去投注站。培訓中心正中位置放了一張特大的長方形辦公桌。而代表戰敗的六合彩票放在辦公桌上愈積愈多。

一天，學員乙拿起其中一張，搓成圓球。然後，繼續發狠的搓。不久，桌上佈滿了寧波湯丸大小的流星矢。

審查官過來研究，問：「這是什麼？」

「台灣地圖。」學員甲搶先回答。他用流星矢堆成台灣地貌。學員乙一手推散

「台灣」，拿起一個說：「是子彈。每顆都有了名字。」順勢瞪了學員甲一眼。

「神經病。」審查官給了註腳。

「今天的解題……」

馬上，三雙眼睛跟了過來，總算掉開不光彩的辦公桌。

「有外物入侵了中心。限時找出入侵的外物。」審查官說。

「入侵的定義？——」

「外帶的早餐算不算外物？」

「不算。外物，客觀的存在主體，入侵，自主的動作。」

「肉眼看不看見？」學員甲問。

「可以看見，也可以看不見。」

「一定是今天入侵？」學員乙追問。

「問得好。」審查官點頭：「天曉得呢！靜悄悄入侵，就是了。」

嗞——

學員甲滑到學員乙身邊，仰面說：「你以為長官在稱讚你？」

「不可以？」學員乙挑戰，「你知道怎樣解題？」

「不知道。不過，肯定，不是你腦袋正想着的。」

「嘿！你知我想什麼？」望着滑開的椅子，學員乙滿臉通紅。她真的有想法呢！

「壁虎！」

天曉得壁虎何時開始存在，時而看見時而看不見。牠必然是培訓中心的外物，既然是外物，當然是入侵者。怎麼今天的解題如此順利突破，餘下的煩惱是如何和其他學員合作又獨吞獎金。

學員乙為先入為主的想法胡混了。把猜是壁虎的想法，從右腦移至左腦。思考的最大漏洞是：誰是先來者？學員乙沒有查證作為培訓中心，不，是當舖才對；是壁虎作為當舖住客的事實。如果她肯謙卑的仔細求證，一定會羞澀得無地自容：我才是那名外來者啊！當下，學員乙受誤判的答案左右，興奮地，又一次拿起一個流星矢，緊握在手……

肢體繃緊，像有千軍萬馬儲藏體內，一觸即發。培訓中心每個成員都目睹過學員乙這種身體語言。除了審查官，其他學員都知道，學員乙正在玩虛擬電競呢！學員乙是高分玩家，來頭不小。她需要金錢參加一個亞洲區電競，所以來到這個培訓中心……

噢，一進場，學員乙傻眼了，一切IT的禁區！絕對不智能！讀的是紙本書，討論用白板，後巷竟然有個真正的小型藥草園。學員丙像發現寶藏的興奮，花不少時間在園地作陽光移動觀察！「喔噢！」經過兩天呻吟之後，學員乙調整好心態，再次進入作戰模式。

「好啦！」抖擻精神，在培訓中心的四壁和天花板上，虛擬出一個屠龍場景，上天下地，出死入生，箭頭折斷，甲冑盡裂。在茂密的森林中，發現一點黃色的圓光——學員乙，如屠龍蹈海，靜悄悄的拿起桌上一顆名為「緣至紀」的子彈，緊掐在手。

嘰——吱——

擋住陽光，一個中年漢，打開大門。把室內所有的視線都拉闊到自然光的板塊，意外的打岔，四雙眼睛同時露出不同程度的疑惑。中年漢被嚇住了，結結巴巴：

「這兒，偵探社？是？不是？」

你眼望我眼。總部沒有明言誰是中心負責人。畢竟，審查官自知自己是唯一的成年人，只好勉為其難。

「的確是——喂——進來，不用再複查招牌。進來，好好説話。」

吱——哐——

一雙過時的皮鞋，步履不輕鬆也不浮躁。高個子，穿戴整齊卻顯得鬆垮垮。一頂不合季節的鴨舌帽。中年漢走到桌子前面，有點茫然。

「你說，有案件要偵查？」

「呃——或許是。」

「或許是？不確定？不過，抱歉，這兒不接案件，不管你確定不確定。」

「那麼，這兒是？——」

「基地，偵查基地。」學員甲搶答。

「哦！」好像明白又好像不明白。

「你胡謅什麼！」審查官皺眉。「誰個！誰個！有小冊子之類嗎？」

學員丙馬上遞上。

「這個，你照這個資料去找地址。在牛頭角。」

「你的案件，是什麼類型？我們收費並不便宜。」學員甲機警地說。

「咦！」審查官給提醒了，說：「不管什麼類型，收費多少，說是我介紹的，給我佣金。我是審查官。記住，審查官！這個易偵探社，沒有偵查不到的案件。」

中年漢打開小冊子細心閱讀。喃喃自語：「佣金，案件……」

然後他抬頭，認真地說：「我有錢。」

聲線由始至終溫柔。

學員丙特別喜歡他說「有錢」的溫柔，帶着無法抗拒的魅力。

「我說呢，不可以破例嗎？不可當習作嗎？」學員甲說。

「或者可以買很多張六合彩。」學員丙加入游說。

學員乙把流星矢掐得更緊。

審查官彷彿動搖，上下打量中年漢，卻道：「我只是義工。再者，收佣金比查案省事。請便吧。」

「喔，這樣嗎？」中年漢伸出右手，揉搓後脖，「我往牛頭角走走。」

學員甲留意到他右手上一條新鮮的爪痕。

「你的手背……怎麼啦！」

「這個嗎？」

中年漢看着自己的手背發呆好一會，慢慢抬頭，遲緩的說：「我——似乎為這個而來的。」

伸出手背，放到四人的眼底。他們逐個逐個地看，長長的三條血痕，像鐵畫銀鈎的剛勁，由中間指縫畫到手腕處，留下清晰的線條。

「你就因為這三條爪痕要偵查？」在虛擬世界遇敵殺敵的學員乙瞪大眼。

「我慢慢會知道，我慢慢會知道。」中年漢在提醒自己。

終於，各人會意過來了；眼前這個人腦袋有問題。總部對於轉介會打分嗎？

「那麼小事不用找偵探社嘛。」終於，有人開腔了。

「我不知道是小事抑或大事，牠就是不讓我走。」中年漢說。

「不明白啊！」

「坐，坐下慢慢説。」不知緣何，審查官找到同情的理由，又或者，看出一點兒浪費時間的價值。

「我很高興。我很多謝閣下們。我真的需要坐下，我需要有人和我説話。」中年漢首次露出潔白的牙齒。

審查官道：「你好好説吧。」

中年漢的身子微微向前，雙手放在膝上，腰身挺直，半點自説自話，半點解説：「我會好好説，我做得到的……」

正當各人全神貫注在中年漢身上時，出於好奇，住客從隱藏處走出來，重新佔據一直認為的有利位置，想繼續觀察。自己這樣做，也明白帶有冒險性；那名少女全身亮着危險的警號。住客同時莫名興奮，少女和「沒關係」會有關聯嗎？能破解「沒關係」的密碼嗎？

不必抬頭，學員乙已經知道那雙黃眼睛又在某個地方閃爍：壁虎！

她的耳畔湧進中年漢溫柔的聲音，頭腦同時計算着子彈和壁虎之間的距離，拋物線軌道，以及手腕準確使用的力度。

「原來這樣！」

「死亡事件啊！」

「你非得去易偵探社不可，或是報警。」

中年漢陳述完畢。他感激各人耐心聆聽。他站起來，預備離去，經過牆腳一個花架。花架上，放置着學員丙不時從藥草園圃搬進來的盆栽。

中年漢俯身認真注視。

「這個……」他指一指一棵「不見天」，說：「要打理一下，有真菌入侵，會傷害植物根枝。」

『入侵』？嘩，聽見嗎？」學員甲從椅上彈起：「解題了！」

「實在解題了。很可惜，嘿嘿！解題的不是你們。」審查官乾笑。

「均分啦！審查官，這下可好了，算你一份，幫你買六合彩。」學員丙提議。

嗖！——

一顆流星矢秒速掠過。

啪——

一件物體掉落牆腳。各人好奇趨前察視。

「什麼東西？」

「壁虎。」學員乙冷冷的說。

「你打死牠！有益的昆蟲！」

「不過，牠嘴角含笑，像領悟了生死。」

「管牠呢！既然死了，沒關係。」

既然死了，沒關係

第二章　一隻貓的主張

記憶，並非實體，卻真實存在。有些記憶輕如鴻毛，有些記憶重如泰山，對某個附屬體像浮光，而另一個附屬體會被它壓得無法呼吸。彷彿了無痕跡了，一不留神，又打個照面——

在一堆電話號碼中、在滑過水面的船槳、在失手打破落地的碎片、在檯底掃出的明信片……墓前久遺了的一束鮮花。無端的夢。有長有短，可深可淺。會死亡嗎？有可能的。有人說，快死的老人話多；因為要趕緊將記憶轉移給別人，而弔詭的是，人死了，記憶還存在嗎？即使存在，還可以辨認？還算不算是記憶？

「噫！」瀚轉動脖子，全身像裝滿水的桶子般沉重。他舉起手，揉搓前額，發覺手背有一塊亮白。是陽光。所以，「噫」了一聲，不是對自己夢囈，是跟早晨打招呼。

在什麼地方了？

瀚推開被鋪，疊高枕頭，好好靠上去。伸手摸索，摸到小几上的拍紙簿，拿到眼前一看。「嗯！」寫有旅館名稱的拍紙簿幫他恢復記憶；瀚租住了這個小旅館單人房間一個月。自從患上精神病，從醫院出來以後，病康復了，卻留下後遺症——失憶。時好時壞，總之，事情就是沒法好好記住。

近日讓瀚十分苦惱的是，有一個畫面經常出現，不過，畫面殘缺，也沒有任何頭緒，畫面的活動不知是什麼時候發生。

一羣人。一同喝酒。高談闊論。「喝吧，一口乾了。」

「嘩啦嘩啦——」有人倒酒。

「咕嘟咕嘟——」有人一飲而盡。

「你叫做？」

「這是我的小學同學，重逢啦，跟大家打個招呼。」有人在活動上才剛認識……

就是這樣的一個畫面。

瀚摸索着，赤腳下牀。「會弄懂的，慢慢的。」他喃喃自語，一面安慰自己。

畫面開始一天一天豐富，畫面自己說話了，加添了不少背景及枝節，有熟悉的面孔走入記憶，又配合説話的語氣，不過，仍然未有名字，有一個人，笑聲總是「哇哈哈哈哈」的拉長。

所以，總有一天會豁然開朗！這種狀況，不是第一天出現，自從出院以後，便經常落入這種狀況，最初感到陌生，愕然，慢慢也就習慣了。今趟的情況卻不同，事態好像非常緊迫，記憶在催促着，而病人卻是催逼不得的，這就是瀚的苦惱。瀚走去盥洗間，望着鏡中的自己苦笑。

吃完早餐，瀚決定去較遠較陌生的社區走走。想起某一個社區的地鐵還未開通呢。他先乘東鐵綫列車再轉觀塘綫，在何文田站下車，走了約莫十分鐘，便看見那座繪了紅蘋果的大樓；土瓜灣街市，首先到街市大樓逛了一圈，然後，朝銀漢街的方向前進。

順着腳步來到一家士多。

在店面前駐足，櫥窗玻璃反照着瀚，不合季節的鴨舌帽下面，是經過起伏洗禮的臉，仍殘留着溫儒氣派。穿戴整齊卻顯得有點髒兮兮，瀚不禁挺一挺脊背。

玻璃反照的，還有記憶，記憶打了哈哈，唸叨着：「我喜歡耍欺瞞的把戲。在適當的時候，欺瞞可以是善意的，可以治癒。現在，我可以説了。這個地方，你並不陌生。你和一個朋友，在這兒認識，開始友誼。」

櫥窗下面，一排陳列架堆放着流動較快速的貨物，大部分是清潔用品，此外有受歡迎的零食。一包零食引起瀚的好奇，透明塑膠袋，中間部分印的是十分討好的玫瑰紅，瀚好好端詳：「甜酒花生」。

一張臉在腦中隨之出現。一張寬闊的臉，打哈哈，笑得開朗。「喝酒，這個甜酒花生最好。」在某個時空，一張寬闊開朗的臉和瀚搭訕。

瀚想起來了，那個葷酒的活動，每張檯子上的托盤內，都有一包甜酒花生。記憶開始活躍。

「讓我好好想一下。」但聯線馬上給打斷了。

「這個好吃，你吃過嗎？買一包肯定不夠。」一名夥計不知何時竄了出來，又或者他一直都挨在門邊。瀚看一看標價，比一般花生售價貴近一倍。瀚抬頭，尷尬一笑。夥計會意，走開了。最近，瀚決心節儉，節儉的原因有時記得，有時又忘記。此刻呢？就是忘記。瀚轉身，預備離開。

「哎喲！」

腳下，不知怎麼，幾乎絆跌，瀚幾下搖擺，幸好到底穩住。

一隻貓，黃白色尋常的家貓，神態威嚴，正在瀚的褲腳邊盤旋。

貓看着瀚狼狽，好整以暇。待瀚把視線轉過來，貓微微抬起身軀，前爪向前伸，利甲抓住砂泥地，盡情伸展，張開口，長長的貓鬚像長矛向左右抖動，震懾任何小覷牠的人。

「你不能無視牠的，牠才是主人。」店內有人訕笑。

「每天都有人巴巴的來打卡朝聖呢！」又一陣訕笑。

原來如此！瀚蹲低，除下鴨舌帽，和貓對視。

「對不起，失禮了。」

貓有一雙毫不友善的眼睛，其實，幾乎所有貓的第一個眼神都不友善，牠們利用眼睛作保持距離的要求——喏，夠了，不要再踏前一步。對於任何警覺性的眼神，瀚已習以為常，至於眼前貓兒的信號，瀚完全接收得到。

這貓，若換算人的壽命，可以稱為長者。對長者，難道要親暱説可愛？不，是合乎禮節的尊重。「恐怕，我弄傷你了？」瀚謹慎地問，見貓不理睬，只傲慢的瞪着他，瀚伸手，想檢查一下貓的狀況。「如果你允許……」忽然，貓伸出右手，踏在瀚的左膝上。動作不徐不疾，力度不慍不火。

「啊！」這一踏，一下子，記憶接軌，從踏爪的舉動迸發。像火花，像電，像山上的時間……羣酒，大鬍子，不歡而散。失蹤，屍體發現……畫面一一迅速呈現，襲向瀚——他驚嚇得張目。

咕咚——跌坐地上。

「怎麼啦？」

「發生什麼事？」

士多內的人紛紛走出來。

「沒什麼……」瀚回過神來，站起身拍拍身上的灰塵。

「身體不舒服？」看見瀚的身體搖晃，有人追問。

瀚搖頭，茫然道：「如何是好？」瀚對剛才突然的回憶不知所措。他強作鎮定，好一會兒，邁開腳步。

走不了多遠，覺得頭頂有點異樣，伸手一摸——「噢，帽子丟了。」轉身一望，原來掉落貓兒足前呢。貓沒有走開，像守護着帽子，一動不動。瀚走回去，俯身執拾。突然——

「嗚～喵～」迅猛！襲擊！

「噚——嘔——」一痛一縮。手背立時出現鮮明的血痕。

「怎會這樣？」旁邊的人紛紛嚇呆了。

「冬眠平時不是這樣的。」

「進來先處理傷口。」

開始有人圍攏過來，又有人拾起帽子交給瀚。他重新戴上。搖頭地説：「我需要呼吸。」大家會意過來，散開一點。

「或是，冬眠有話要跟你說。」有人大膽假設。

馬上有人附和：「牠是隻靈貓。」

看似士多老闆的女人，用質詢的口吻問貓：「老太婆，有話不能好好説？淨是耍脾氣，耍大牌。」

「呃！」對眼前的把戲，瀚摸不着頭腦。正自疑惑。叫做冬眠的貓舉起腳步，開始移動。

「快點跟過去。」老闆娘向上揚一揚下巴。

「什麼？」

「或者指示你要去的地方呀。快！」另一個旁人作了補充。

貓影快要消失了，瀨只好快步跟過去，在後頭亦步亦趨。離開了士多，走向更安靜的街道，期間，貓一次也沒有回頭。

走了不到二百米，在一間街舖面前停住。冬眠先是活動一下肢體，「喵」的一聲坐下，像旅人抵達家門。

「你要帶我來這兒？」

瀨走近觀察。這家當舖不像其他店舖般打開店門做生意，而更像寫字樓，門面光鮮，又克制的與左鄰右里協調着，有歷史有氣派的店舖，如今按原貌加添了新式裝修。牆上有一個招牌，上寫：易偵探事務所。

「偵探事務所？我要尋求幫助？」瀨低頭詢問冬眠，後者卻別過臉，亦沒有走開的意思。

「好喇，明白。」他伸手推門。

嘰——吱——拉門的聲音引來的騷擾，不是預期的效果。連串的詢問，疑惑的目光——直至，提到手背上的血痕，直至提到貓。

「啊，你説的是冬眠。」

「你跟牠老人家來的？」

氣氛一下子轉換，不再是忽然闖入的陌生人，不再是走錯位的演員，讓人啼笑皆非。

靈貓？看來不是。只不過是每天都來串門子的街坊，是這家私家偵探社的常客。瀚還巴巴的跟着牠的尾巴走過來。可是，又怎麼解釋從一隻貓掌中恢復的記憶，然後又一下子變臉，無情地抓傷自己？

有人給瀚遞上一份小冊子，建議他去牛頭角的偵探社總部，解釋這兒只不過是基地。瀚沒有留意招牌底部另有一行小字，説是培訓中心。當瀚説會過去牛頭角時，一個一直坐在滑輪椅上的青年暗示他未免小題大做，瀚感覺被冒犯了。

他語帶反駁的說：「我不知道是小事抑或大事……」

「我不知道是小事抑或……」瀚的回應引起在場的一名退休總督察的回憶。

數十年前，在他就讀的小學校舍，逢星期六，他本來回校舍參加足球練習，卻看見教練和學生聚賭。少年時的總督察馬上走去校務室預備舉報。還未跨過門坎，值班的主任把遮着臉部的馬經移下，冷冷的問：「大事抑或小事？」

少年總督察囁嚅：「我不知道是小事抑或大事……」聲如蚊吶。

「我聽不到你說什麼！」舉報打住了。賭博原來有非凡的吸引力。這一幕，改寫督察未來的一生。

瀚不知道自己的一句話喚起某個人悔恨的記憶，但聽得室內最大年紀的人投來理解的目光，建議他坐下來，並且鼓勵他：「你好好地說。」

這麼一提，瀚才感覺真的累了，已經大半天的時間，又經歷恢復記憶的精神消耗，他順服的坐下，深呼吸，身子微向前，雙手放在膝上，腰身挺直，半自說自話，半解說：「我會好好說，我做得到……或者我先自我介紹，我是一名浪人。」

「浪人？你是日本人？怪不得。也挺像呢！」偵探社唯一的女生驚呼。

「不是，不是。」瀚一味搖頭，尷尬地否認：「浪人，是美化的一種稱呼，大家理解的，就是流浪漢。不過你們放心，流浪漢不都是貧無立錐之地，至少我不是。只是他們都選擇了某種生活模式，價值觀也相近……我的表達方式不夠好，還是長話短說吧，不然，記憶又一次開溜。」

「都不要打岔吧！」長得胖頭胖腦的青年說，其他人以沉默的方式表達認同，於是瀚重拾話題。

「我們浪人，有一個同樂會，名為浪人酒會。我的朋友正榮哥是發起人。我本來獨來獨往……其實，在遇見正榮哥之前，我並沒有試過露宿街頭，之後，試過一次半次。浪人很少互通名字，也少談來世今生，正榮哥覺得十分可惜，有些浪人消失了，是死是活也沒有人知道。一次，正榮哥說，像你，經常斷片，一天你忘記我了，那可怎麼辦！於是，他就發起浪人酒會，定時聚一聚，大家自由參加，互通消息，分享資訊。在後面支持我們的，有黑社會從良人物、有牧師、有修女等。所以，聚會的地點不成問題。當然，如果在教堂建築範圍內，我們會以汽水代酒。不過，我剛剛才記起，我已經很久沒有參加浪人酒會了。對上一次出席，計算日子，已經是三個月之前了。」

「到底還有沒有浪人酒會？呃，我不肯定，因為，正榮哥死了，給人害死了。」

「給人害死了？」

「謀殺案？」

「為什麼現在才說出來？」

聽到浪人剖白至此，各人終於按捺不住，打破沉默。

「問得好。因為貓，呃，忘記名字——」

「冬眠。」

「是。因為冬眠的幫助，我剛剛找回大部分的記憶。我在青山待過很長的時間——大學讀醫科，最後一年考試失手，女朋友說分手……出院後，經常失憶。說回重點。那次舉行的浪人酒會頗有規模，因為借了一家私辦的學校禮堂。學校收生不足，將於翌年停學。來的人眾多，夾雜不少陌生臉孔。場面說是熱鬧，也可說是混亂。總之，人聲疊人聲，分不清誰在勸酒，誰在高談闊論，甚或是爭執。期間我看見一個大鬍子跟正榮哥糾纏。大鬍子身材高大，聲線低沉而沙啞。隱約聽見正榮哥喊：『有話好說，有話好說。』二人的糾纏並沒有引來多少人注意；酒過三巡，有人醉倒了，甚至有人在角落睡覺，沒有人是主角了。勉強清醒的，若不是扯大喉嚨說話，也是胡說顛三倒四的了。而我，因為是正榮哥，所以留神；不久，見二人一邊拉扯一邊走出去，跟着在我的視線消失。」

「從此，再沒有見到你口中的正榮哥？」

「……」

「那是人口失蹤，你不能一口咬定他遇害。」滑輪椅上的青年說。

「更不能推論大鬍子殺了他。」女孩說。

瀨搖搖頭：「我沒有說大鬍子是兇手。不過，正榮哥的確死了。翌日我已忘記了酒會，不過，當然會想起正榮哥。即使我記不起他，他亦會不時主動在我面前出現。但至少一個星期，沒有正榮哥的消息。於是，我外出四圍找他——最後發現他的屍體……」

屍體——一隻壁虎從天花板給射殺下來，射手是表情豐富的女孩。

「啪」的一聲，壁虎在地板上彈動一下，之後身軀僵直。

又一次，瀨的記憶中斷，回到現實的場景。

瀨走出偵探社，已經忘記了冬眠。他想趕快回旅館，再睡一覺。他右手插袋，左手緊緊掐住偵探社的小冊子。

既然死了，沒關係

第三章　亡者最後的二十四小時

早上八時四十分，李正榮步入醫務所。

哐——

醫務所的護士聽到推門聲，抬頭看見李正榮，她露出笑容：「超級準時喎！」

「怎算好呢，想着來看你，一夜難眠啊！」李正榮挨近護士：「哇哈哈哈哈。」

「啐，待會抽血，我用大號的針管。」

「嗱，一定要用，唔用就請食早餐。」

打哈哈之後，李正榮自動坐到一旁，翻閱茶几上的報章雜誌。

跟醫務所結緣已經多年了。他困在牢獄五年，得了長期病患，出獄後便被介紹到這個醫務所——由教會開辦，收費低廉，醫生有實習出道性質，在此累積經驗和人脈；也有名醫半義工式服務。李正榮看着醫生人來人去，而護士則由始至終都是那幾個。今天當席的護士，李正榮看着她步入老處女的行列。

量體重量體溫量血壓，最後抽血。護士預備抽血用品時，李正榮眼神帶着一點疑惑。

「又怎麼啦？」護士問。

「不能抽血。我忘記空肚，昨晚又喝醉。」

護士嚇了一跳，放下針筒……

李正榮又説：「呀，老人癡呆，是前晚，記錯了。」

護士給氣炸了，呱呱地叫：「死人李正榮！」

李正榮笑得彎下了腰。死人，沒錯。把自己看作一個死人，才能快樂的活着。別人都是巴巴的盼着釋放的日子，計劃釋放的日子——有人利用在囚時間學手藝，有人自學外語——他卻什麼也沒有做，任由時間逝去。當獲知提早釋放時，他簡直手足無措了；毫無重新走入活人世界的心理預備。如何可讓時間捆綁在死寂的狀態？

作繭自縛。有一種繭叫快樂，在裏頭很安全，不用掙扎。可是，總是有人試圖破繭。

李正榮想起顧醫生，顧醫生是名醫，希望他還在服務。對上一個醫生，太年輕太精明了，樣貌生得怪怪的，鼻子像狗，向前嗅，「李正榮，你的確在笑，不過脈搏虛弱，你是殭屍？」怪胎醫生！

「今天也是顧醫生？」李正榮問。

護士點頭：「沒有瞧見診症室上的名牌？你放心，顧醫生說，一天你來，一天他都會來幫忙。」

李正榮放心了，名牌是對的。醫生轉換得太快了，有時連名牌都來不及拆下。為了扮老成，顧醫生像女孩子般白滑的臉蛋上，架了一副金絲眼鏡，穿的是高檔次西服，看出是有家底。

「上次的驗血報告顯示一切正常，繼續吃藥就是了。不過今天的血壓過高呢！」顧醫生說，語調帶磁性，不冷不熱。李正榮反而喜歡。

躺在繭內的身體，聽到醫生的聲音，不禁自然的放鬆，像鬆綁之後移動了一下。

「嘻嘻，就是了，喝過酒了，因我好像快要抱孫。」他聽到自己向顧醫生告白，兒子要接他回家。

離開醫務所，十一時還不到。附近有一家地道的粥舖。牛肉腸、油炸鬼配一碗明火白粥，會是一天最好的「揭幕禮」。

粥舖的品質沒有讓他失望，「揭幕禮」圓滿結束。李正榮乘6號巴士離開深水埗，車行約三十分鐘後，在柏麗大道下車。

目的地是九龍公園室內游泳池。除了星期二，九龍公園是李正榮每天兩個主要活動場所之一。出獄之後，最初是在街頭露宿，後來入住露宿者之家的短途宿舍。再之後，找到OK便利店的夜更工作。一天的行程便固定了下來。不過，尚差二十分鐘才到室內游泳池的開放時間……

「未有睡意呢，不妨到公園走走。」李正榮喃喃道。

這時候——「當年相戀意中人～～」電話鈴聲響起。一個「9」字頭沒有聯絡登記的電話號碼。

「喂，李正榮在通話。」儘管不知道對方，李正榮仍一貫誇張愉快的嗓音。

「感染？這樣嗎？我在九龍公園。」李正榮轉入公園，坐在無人的長椅上。

「一定要明天？反正，這個星期來不就可以了嗎？」李正榮就日子的問題，和來電的一方討價還價。過了一會，大家都掛線了。

「奇怪，為什麼要用私人電話打給我？」呆坐了一會兒，再折返泳池。剛好是中午一時。已經有人排在入閘機前面了。入場費十八元，李正榮有傷殘津貼，半價九元，算是政府一項德政。不過也不能彌補房屋政策的種種失誤。李正榮試過花費數千元租劏房，環境惡劣、光害、悶熱，無日無之的爭執，根本無法睡眠，無法生活。所以，每天九元的安樂窩，絕對物超所值。

包括洗澡、游泳、健身，然後睡覺。第二次沖洗之後，李正榮躺在最上一排觀罛椅上，用毛巾被把自己完全包裹。不到一分鐘，鼻鼾聲打得毫無掩飾，暢快淋漓。

下午五時半，他即「自然醒」，刷牙洗臉，在泳池下午六時閉館前從容離場。晚上八時交更前四十五分鐘，他已經去到上班現場——位於斧山道的便利店。換制服之前，以顧客身分，吃了杯麪加豉油雞髀。

斧山道居民，有勞動階層，有上班族。附近有一所中學，有特殊學校，有各式教育中心，一句話，就是客源穩定，不算忙碌也沒能閒着。

直至晚上十時打後，開始進入清閒階段，李正榮打算作第一輪點算補貨，叫喚副手：「喂，阿仔，上收銀台。」阿仔慣性的回應一聲。

正值盛暑，裝冰淇淋的凍櫃貨品流動得快。李正榮打算由此開始，拖出一盒法國名牌杯裝冰淇淋時，後面有人喚他——

「李正榮！」

李正榮轉身，見到一張臉，長滿鬍鬚的臉。

「砰！」整箱貨物掉到地上。

「怎麼——這個時候跑到這兒來？」李正榮結結巴巴。

滿臉鬍子的男子沒有回答，怔怔的望住李正榮，漲紅臉，過了一會，又叫一聲：「李正榮——阿爸。」

「哎呀！」李正榮愣住了。

「阿爸！」

多少年了，久違的呼喚。副手從收銀機後面露出不解的目光，李正榮才回過神來，呼喚副手：「阿仔。幫忙處理，我出去一會。」

副手答應了。李正榮把喚他「阿爸」的大鬍子推出店外。

「你跟我來。」李正榮走在前面，步往便利店附近的居屋屋苑，在一張石凳坐下，低頭不語；過了一會，大鬍子才坐下。

兩人並排而坐，看清了，原來大鬍子只不過三十出頭，兩人長相依稀有相似的地方，反而坐姿，卻出奇地一模一樣。

「你怎麼知道我在這兒工作？」李正榮問。

「有多難，重要嗎？」

李正榮沉默好一會，突然想起什麼，急急抬頭，問：「你怎可以拋下老婆不顧走來找我，都什麼時候了，萬一她要生產，你又不在身旁。她的產期是什麼時候？」

「你都知道產期臨近！是老婆催促我來找你的。前日我去酒會找你，你說會給我一個答覆。」

「我需要時間好好想清楚——」

「還要考慮什麼？做流浪漢比做爺爺來得吸引？」

李正榮深深吸一口氣，向天長歎，兩眼通紅，說：「兩樣都吸引。呃，你不要誤會。當天出獄，我就選擇不回家，你知道，是逃避責任。」

「媽媽有去接你。」

「我知道，一下心虛，我便亡命的跑。你媽媽愈叫我愈跑……唉，算了，不要再提了。」

李麥維，即大鬍子，沒有忘記那一天。大學畢業後，背包旅行回來，預備履歷，正要向幾個目標機構公司求職，開展生涯規劃，接到通知，爸爸會提早兩年釋放——即是，爸爸要回家！李麥維又喜又憂，消息來得突然，未及消化，想他回來？不想他回來？好不容易才從爸爸是「性犯罪者」、「監躉」的陰影中逃出來。正在疑惑之際，媽媽去接爸爸出獄，卻是一個人回來，向子女們宣布：「你們的爸爸一見到我便跑了。怎麼辦？我沒能把爸爸帶回家。」

李麥維很失望，心裏倒暗暗鬆一口氣。李麥維是大兒子，另有一弟一妹，觀乎弟弟，心情應該跟自己一樣，只有小妹，「哇」的一聲哭出來：「跑了，不要我了？」就是這樣的記憶。

跟李正榮的記憶，卻只有很少重疊；他首先記得的，是妻子美莉凌厲的目光。

「為什麼提早釋放？我去問你的釋囚官，她說你自然會告訴我。」

六年前，李正榮被控強迫一名未成年少女與他發生性行為，他不認罪，本來刑責不算重，可惜另一條罪是傷人罪——襲擊中學校長。兩條罪名成立，判處五年有期徒刑。

「釋囚官說，收到證人的求情信。我只知道這一點，其他的，她說待我出來再說。」李正榮不明白妻子發怒的底蘊。

「坐牢三年，根本不夠我們一家洗清你帶給我們的羞恥。」美莉說。他開始明白妻子的怒氣了。

阿維剛進大學，小維才上高中，阿茵因為未懂事，生活才沒有那麼難過。突然，妻子變了聲調，可憐兮兮：「李正榮，看在夫婦一場，你放過我吧！」李正榮心下一沉。每趟美莉擺出這個可憐的模樣，意味他要作出極大的讓步，甚至是犧牲。不過，他剛出獄，一無所有，他還有什麼可以為妻子犧牲？

李正榮也沒有忘記那天。兩父子重疊的記憶，就是李正榮逃跑了，沒有回家；而李麥維不知道的是媽媽向爸爸下達的命令：「跑！我向東你就向西。還有，以後遇到我們任何一個，都要像見到債主的避開。」美莉把李正榮的個人存摺簿交給丈夫。李正榮還驚疑時，妻子已轉身奔跑，李正榮一呆，忽然，像機器人一樣，向反方向邁步，愈走愈快，沒有了主意，繼而淚流滿面，沒命狂奔。

這樣的決絕，今天為什麼力邀他回家？享清福？弄孫為樂？李正榮從未做過這樣的美夢。

一隻蟑螂。李正榮看着牠在渠口張探，忽地，牠向垃圾站方向竄突。史上最強的動物！現代世界信奉達爾文主義，以為人類已爬到金字塔最前端的位置，脫離動物的行列。殊不知世界其實已經翻轉，顛上倒下，愈往上爬愈往底端進發。為了生兒育女，為了傳宗接代，動物窮一生的努力，強大基因廝殺弱小基因！人類竟然是其中的表表者！

甘心啊！可笑的是，李正榮成了流浪族之後，才擺脫了動物的原始慾望。

「我走得更遠，對大家不是更好嗎？」李正榮給兒子反建議。

「這終歸不是辦法。」

原來兒子都想過了。「而且，放在我們眼前，出現了一個非常好的時機，你可以光明正大的重投社會。」李麥維說。

「什麼時機？」

「告你性侵的人死了。自殺死了。」

「什麼？」李正榮嚇呆了！「……怎會這樣？你怎麼知道？」

「雖然是小事，也有記者報道。」

李正榮想起了那張臉，空洞的眼神。

「不是說，有一封信？」李麥維問。

「信？」

「因為她寫信向你懺悔，你才提早出獄，不是嗎？」

「呃，你說是這封信？的確是有，我出獄後，釋囚官轉交給我。她還說，這封信最多可以幫我提早釋放，而不能推翻已結的案件。事實上，我獄中的表現倒幫了忙。」

「我老婆——你媳婦是記者。她說可以為你寫一個專題。」

「一個人自殺了，我服刑完了。人生唏噓走一場，沒有值得再提的。」李正榮搖頭。

「當年你不是一直喊冤？」

「是冤！那時大家都不信，你們都不信。再翻出來也是徒勞的。」

「你不要管，只要找出那封信給我不就可以嗎？」李麥維不耐煩了。

嗶——

李正榮望一望來電，副手催促他回去。

「明白了。你怎說怎好。」他順從了，站起身來。

「你有收藏好信件？」

「……有的，在很遠的地方。」

「明晚我再來找你。」

「這麼急，我沒有假。」

「就這樣定了。」再不給爸爸推辭的機會。

李正榮望着兒子的背影，發了一陣呆。拿出手機，發了一個短訊：「對不起，明日有事，不能來。要改期……」

回便利店途中，李正榮手機有一個位置被別人鎖定的提示，他卻沒有留意。

信件可以說是妥為保存，也可以說早被棄置。

在新界的一個中途宿舍，一排三棟的村屋，兩層設計，地下闢作飯堂和浴廁，第二層是宿舍，將原本的兩房改建成五房，每房容納兩個房客，與李正榮同房的是由台灣來的退伍軍人，嗜書如命，牀頭堆滿書，行軍的水壺一直放在牀頭几上，如同神主牌。李正榮離開時，老軍人建議他不用搬動家當。

「你且寄存在這裏吧。只帶隨身物品出去便是。」其實李正榮都有這個念頭，老軍人體貼地率先提出。於是李正榮留下了大部分家當，包括那封信。

信件寫得簡單，李正榮都能背了：「我錯了，説謊話陷害你……」他沒有丁點兒好奇於寫信人的動機！老軍人已身故了，村屋前年也已荒廢。

沒有社工願意山長水遠去經營。

「路途遙遠！」李正榮估計，下班後，得花近一個半小時才可到達。

果然，當看見那幅久違的矮牆時，月亮還未落下，半白的掛在灰濛濛的天邊。早上八時還未到呢。

李正榮步上石階，推開鏤花鏽鐵門，綠色油漆已剝落大半，露出後面的鏽蝕。平台枯葉，踏上去沙沙作響。李正榮當年住中間的一棟，而不管哪一棟，都是毫無掩飾的破落。不用門鎖，不必打掃，連流浪者都不屑棲身。只有風一味猛烈，月亮獨自溫柔。李正榮毫不費勁推開矮身的鐵閘，和半掩的木門。

滿地垃圾，一陣難耐的臭氣。

李正榮走進去，爬上佈滿灰塵的梯板。

遍尋不獲那封信。坐下思索，當年喜歡借台灣軍人的書看。其實也不用借，隨手拿起隨手翻就可以了。忽然記起……

——曾對一本詩集《新月詩選》埋頭埋腦。那封信，順手就夾在裏頭。李正榮往舊書堆尋，不久便在底層發現那本用兩種綠色設計封面的《新月詩選》。

果然，信還在呢！李正榮把詩集順手放在書堆上面。再來閱讀那一封信。寫的，比記憶中多呢，還提了校長。

李正榮看罷，怔怔的，像個蠟像。忽然……

「哇哈哈哈哈」的大笑，笑得眼淚都掉下來。

「校長死了，女學生死了。人都死了，沒關係啦！」

他拿出打火機，就手中點燃信件。燒到手指才丟下，看着信成了灰燼。

——就在這兒住下吧，度此餘生。

電話鈴動。是中午在九龍公園的來電。

「我不來啦！」跟電話另一端的人說。那人不知道說了什麼，又一次引得李正榮哈哈大笑。

「不來會死嗎？很好，既然死了，沒關係。」

掛線後，他安心入睡，很快呼嚕大作。

從此，他再沒有活着走出那棟村屋。

既然死了，沒關係

第四章　學員精準的調查

什麼是書？簡單而言，把一堆文字——不管是什麼樣的文字、標點符號、圖像等書寫在一起，然後用合適的方法釘裝成一本的閱讀的工具，統稱為書。

有圖畫，有文字，給孩子看的書叫小人兒書（picture-story book）；現代小孩肯定不認識的書叫電話簿，厚得驚人，用筆畫多少或者英文字母順序排列，後面跟着一連串的數字。

書裏頭的文字的排列是有意義的，如果有人翻開一本書，高呼太難懂了，以為是謎語，那是對於書之作為書的誤會。沒有一本書不是寫書人的心血，花費不少心思，甚至非常講究標點符號的使用！

這兒又牽涉一個問題，到底誰才是書的主人。作者？出版社？書店？抑或出資將一本書買下的讀者？不管爭議有沒有答案，不管書的主人由誰勝出，最無奈的卻是書！書竟然沒有發言權！豈不知，整個構想、書寫、製作，以至達致閱讀的這一個活動，目的不是為了一本書的存在？可是書不可以選擇文字，不可以挑剔封面設計，不可嫌棄紙質和重量。

且更令一本書沮喪的，最終它會被遺棄。有一些絕版書或者善本可以在拍賣行錄得天價。但天價對書毫無價值。一本書，只有被翻閱才顯出價值！沒有被翻動的書只能是活死書吧！這樣的書，如何證明它是活的，如何證明它的存在？

死水

這是一溝絕望的死水，
清風吹不起半點漪淪。
不如多扔些破銅爛鐵，
爽性潑你的賸菜殘羹。

也許銅的要綠成翡翠，

鐵罐上鏽出幾瓣桃花；

再讓油膩織一層羅綺，

一頁書紙，上面印了七行字，標題是〈死水〉，底下印上「39」的頁碼。是從一本詩集撕下來的。為什麼要把這一頁撕下來？呈交這頁書紙的人宣稱，他的一位朋友被人殺死了，要求易偵探社協助。一個人非自然死亡已經不幸，只有他的朋友知道他死了，而這位朋友卻患有失憶，更屬不幸中的大不幸。

失憶者——朱瀚把這一頁書紙交給易偵探社，他說：「我在外衣口袋發現這一頁書紙，一定是我在案發現場撕下來，作為記憶，拜託你們了。」

易偵探社受理了案件，並且交給第一屆初級學員查辦；他們是朱瀚的首次接觸者。書頁放入透明塑膠套內，送到了初級學員手上。

學員甲拿起膠套，翻去書頁後面——

黴菌給他蒸出些雲霞。

讓死水酵成一溝綠酒，
飄滿了珍珠似的白沫；
小珠們笑聲變成大珠，
又被偷酒的花蚊咬破。

那麼一溝絕望的死水，
也就誇得上幾分鮮明。
如果青蛙耐不住寂寞，

詩到這兒斷了，頁數是「40」。

連線時代，上網很快搜尋了，是聞一多的〈死水〉，聞一多是「新月」派（因為刊登在《新月月刊》而得名）詩人中的一名猛將，排名僅次於徐志摩。撕下來的書頁，跟命案有什麼關係？

「我應該轉行寫新詩，哈哈。」學員丙折服了，「每頁七八行，每行九個字，空白位比字還多。哈哈。」

「我倒想知道書的定價可以買到多少張六合彩票。」學員乙說。有更多的六合彩票，可以製作更多的流星矢。

「書頁已經發黃了，除非當古董而不是書，否則……」學員甲說。

「否則什麼？」

「書價是你想像不到的廉宜，嘻！」

「且慢，總部不是說會提供一切協助？」學員丙想起來了。

正當學員丙有所行動時，學員乙心領神會，搶先一步在易偵探社發給各人的手機上輸入查詢。

「嘟！」

不到一分鐘，各人的手機出現了回覆：「根據紙質的考證，最接近的版本是一九三一年由上海新月書店印行的《新月詩選》，陳夢家編。實價大洋七角。」並且在學員乙名下記了兩分。

「嘿嘿，嘿嘿。」學員甲冷眼旁觀，乾笑了兩聲。

「大洋七角？什麼是大洋？審查官……」

正當學員甲乙丙胡扯時，審查官像慣常一樣，背着手在室內走來走去。不時「哼哼」的呻吟，臉黑得發亮。今趟的偵查費由易偵探社全收，而案件落到學員手上，只不過是臨時加插的訓練項目。審查官除了加重工作量，別無好處。況且，一起簡單的案件，如果由易偵探社正式調查，不到一個星期便結案了！

要認真看待嗎？抑或隨便走過場？是審查官當下的掙扎。若然是前者，非常費勁；若然是後者，會影響自己的職位嗎？

突然又想，帶領學員偵破案件，會不會有額外的獎金？

真正想成為偵探的學員丙倒想審查官能助他們一臂之力，見審查官來回踱步，以為他為六合彩躊躇。

「審查官，39和40都好，不過要考慮連續號碼出現的機會。」

「啐，你花點心思在案件上，好嗎？拜託你。不要連累我。」學員乙說。

「是啊，有團體分數的，不要搶人功勞。是嗎？學員丙，同意嗎？」學員甲揶揄，學員乙假裝聽不懂。

審查官打定主意了，就是撒手不管。他揮手說：「你們自由發揮吧。」

「審查官不理我們？」

「自由發揮，聽得懂嗎？」審查官咆哮。

嗞——

「我贊成。」學員甲把滑輪椅駛去門口。「我外出想辦法，有想法便通知你們。」趁機出去流動了。

學員乙又趴在牆上拉筋，為下一次虛擬電競熱身。學員丙見討論散開了，嘴裏嘟嘟囔囔的，移開腳往後巷看藥圃去。

朱瀚說，他的朋友，叫什麼名字……是了，李正榮，正榮哥沒有出現，在這之前，朱瀚在浪人酒會上看到李正榮和一個大鬍子發生爭執，二人拉扯着……然後在人羣中消失了。如果不是貓——冬眠提醒，朱瀚想不起李正榮已經死了。

而且是朱瀚親自發現的……朋友失蹤了，他四出搜尋，終於發現了朋友的屍體！

第一時間，應該報警。不過，假設你是坐堂，接到999說有一名流浪漢給人謀殺，你會相信嗎？

學員丙蹲身，視察一盆仙草。這仙草在藥圃中最粗生，最近又有一株幼苗在中間位置搶陽光挺出來，高出至少三吋，十分耀目。

之後，朱瀚交出了一頁〈死水〉。

死！水！

學員丙怔怔望着仙草，似有所悟。

「噢！」他站直身子，突然醒起，朱瀚念的是醫科。朱瀚發現朋友的屍體，至少是酒會之後四五天罷。屍體未開始腐爛，但亦開始出現屍斑或其他的狀況。

朱瀚致電報警，但警署不受理，卻叫朱瀚親身去警署報案，這是警方處理濫用投訴的手法，通常，當投訴者被要求親自現身時，投訴人立刻放棄！

但朱瀚不會放棄。他有點氣急敗壞了。他不能就此丟下死了的朋友，且怕自己一旦走開，什麼都會忘記。

至少，要製作乾屍！乾屍就可以保存下來了。乾屍就是「沒有水分的死人」。

學員丙立刻上網查看屍體的防腐方法。不久，學員丙在手機中分享了他的見解：發現屍體的當天，朱瀚極有可能為朋友的屍體做過防腐。防腐所需材料，若是專業醫學，是用針筒注入防腐劑。若是殮房使用，則是塗抹酒精、甘油，或碳酸、醛、酚等化學物。不管是醫學或殯葬，都需要用酒精清潔屍身。古時則會用含重金屬的鹽來保存屍體乾爽完整。自然的方法，可就地取材，用樟、松、柏等木材應急，這些含醛氣味的木材能短暫發揮防腐作用。只需查詢朱瀚這幾天的購買記錄便可得到線索。朱瀚用「死水」提醒自己做過的事情，以及發現屍體的場所。很不幸，因為他不是詩人，此「屍」不同彼「詩」，他什麼都忘記了。

嘟——

學員乙在一道牆上虛擬了複雜的迷宮，設置重重陷阱、猛獸，正預備勇闖迷宮時，聽到手機上有新訊息，是學員丙發來的。她舉頭一望，見到學員丙的半個身影！他還在外頭發呆呢！不搶功使學員丙像熊貓一樣可愛。

製作乾屍？外頭的山草藥抖出腐敗氣味？以致引發想像？她多次玩「盜墓迷

城」，十分刺激，但想到木乃伊的製作，全身起了雞皮疙瘩。對於學員丙的揣測，她半信半疑。反而，推論朱瀚曾經報警又曾經被懷疑報假案，覺得未嘗沒有道理。

「如果報案，當然是到屍體發現附近的警局。」學員乙這樣想着的時候，決定親身做實驗。

「全港九新界這麼多警局，須得縮窄範圍。」學員乙呢喃。一個人死了那麼久，未被發現，而死者又是一名流浪漢，遇害的地點，極有可能是偏遠的一棟荒廢住宅。

「好喇，集中新界區的警署。」

使用中心固網電話，開啟擴音器。由於說不出準確的地址，學員乙放棄999，直接打電話到警察局。東南西北，她先從新界東開始撥號。

「喂，我要報警，我發現我的朋友給人殺害了……我的身分證號碼？呃。」

「喂，我的朋友死了，給人殺害了，兇手留下一本詩集……報假案要坐監？……」

「喂，我發現朋友被殺，我剛剛做了屍體防腐……將我的電話轉給青山醫院？」

學員乙急忙收線。

期間，審查官冷眼旁觀。忽然說：「從北區開始，應該從最遠的警局嘗試，什麼地方？近沙頭角，你試試上水警署。」

正當學員乙洩氣，審查官卻叫她打上水警署的電話，學員乙精神一振。

「你不覺得我無聊？」

「趁我還未改變主意，行動啦！」審查官氣呼呼。

學員乙立刻打電話去上水警署。

「喂，報案室。」

「喂，我的朋友失蹤了，最近發現他在……」望向審查官。

「鹿頸。」審查官小聲說。

「發現他在鹿頸遇害。已經死了超過一星期，所以我……」

「嘿嘿，做了屍體防腐！知道了。上次一個男的神經病，今趟來了一個女的。喂，叫他親身來落案，沒有現身。不如你們一齊來吧。現在有錄音的，居然玩差人，玩報案！」

「咔嚓！」

學員乙立刻掛線，露出不可置信的表情，「呃，果然。審查官，原來你是神探——」

「叫我審查官！神探？我不是。」審查官咆哮。

「下一步？」

「你知會其他組員。」

學員乙發出短訊：「案發地區鎖定是鹿頸。」又補充一句：「學員甲，出場表演啦！」馬上得到回應：「等我好消息。」

當審查官說解散時，學員甲已在早前一溜煙地消失了。

他走去士多店找冬眠。

途中，收到學員丙「儲存屍體」的推測訊息。什麼死水，什麼屍詩，學員甲都毫無感覺。唯一念念不忘的，是朱瀚說的一句「我有錢」。

冬眠正好在士多門坎上慵懶着地曬太陽。

「大內總管，早。你記得你抓傷的失憶漢？我想去找他，借你的肖像一用。可以嗎？」

冬眠「喵」的一聲，勉強同意了。

學員甲趴在地上，使用手機取了一個滿意的角度拍下了冬眠，臨走前不忘千多謝萬多謝冬眠。去找朱瀚途中，又收到鹿頸是案發現場的訊息。

憑着冬眠的肖像，學員甲極力邀請朱瀚走進「記憶的隧道」。他給朱瀚看冬眠的肖像，朱瀚怔怔望着，出神好一會，說：「慢慢的，有點畫面，不過很模糊。」

「畫面？一本詩集嗎？死水，有什麼意思？」

「死水？就是順手拿去最上頭的一本。」朱瀚聳肩。

「唉，算了吧，你還是集中看冬眠。我帶你去一個地方。」

「什麼地方？」

「鹿頸。走。」

先坐東鐵綫列車往上水。

「我要幫你尋回失去的記憶。到了上水，我們先去上水墟走一圈，再坐巴士入鹿頸。我們有兩個推測：你的朋友在鹿頸某個村屋死去；而另一個推測；雖然很荒謬——你為朋友做了屍體防腐。防腐的一切所需用品，都在上水沿途的商舖購買。」在往上水的火車上，學員甲為此行向朱瀚作了扼要的說明。

「原來如此。」朱瀚眼前一亮。

「你真的懂做乾屍？」

「嗯，我懂的。做過不少。」

「去到上水便集中回憶當天的行程，到過的店鋪。」

朱瀚表示明白。「好的，我做得到，我會找回正榮哥。」

「開心吧。你要多謝我……喂，你真的有錢？」

「確實，我有錢的，我預備了一筆錢尋找正榮哥和找出真兇。」

「即是說，尋找李正榮是一筆；尋兇又是另一筆。」

「的確是這樣。」

「你說的，千真萬確？」

朱瀚的手機傳來訊息，「咦！這是什麼？」疑惑不解。

「這是我給你的發票，尋屍發票。怕你忘記了。」

「費用不是問題……我可以私下給你酬勞？」

「——我們折返九龍吧！」

「不要，不要。我同意你的條款。」

鹿頸，香港最大的淡水沼澤，附近的淺灘是珍貴品種雀鳥的棲息地。地處偏遠，交通疏落，遊人稀少，在城市急促變化中得以保存原有的風貌。去鹿頸要從上水轉乘77K巴士，在新界北鹿頸新娘潭路下車，亦可以坐上水和隆街開出的56K專綫小巴，在鹿頸路下車。從鹿頸往淡水庫下坡方向走，有鹽灶下村、南涌村、李屋村。其中一排三棟的村屋，面臨大片沼澤地，景致迷人，不過村屋西斜，深夏滾燙難耐，一早已荒廢，無人居住。

中間一棟村屋二樓，躺着一具乾屍。乾屍的面上，鋪了一本詩集《新月詩選》，詩集打開，青綠和墨綠色組合的封面向上。

打開的詩集，右頁空白，左面是41頁。隔着混和了柏木屑的鹽，緊貼着乾屍。

又算死水叫出了歌聲。

這是一溝絕望的死水，
這裏斷不是美的所在，
不如讓給醜惡來開墾，
看他造出個什麼世界。

死水並不盼望新的世界，它只盼望給撕下的缺頁歸位，而每個早上鳥兒的歌聲已夠多了，不如親人弔喪更好。

三十多天了，終於聽到人聲雜沓，由遠而近，隱約的呼喚：「正榮哥。」「李正榮！」

噗！

一本書，從一張乾屍的臉上滑落到地上。

第五章　亡者前傳

前面一座綠油油的小山，一瞬間來到眼前，正待仔細瀏覽近岸的風貌，河水「嘩啦」的一聲，小山已不見了，隨着渡船轉彎，已被拋到身後。

「唔，好山好水。」李正榮不禁佩服校長不但懂教育，更懂經營人生！

「多年沒見，連校長的長相也開始依稀。」

渡船靠岸，船客依次落船。由於不是假日，只有三兩名船客，李正榮最後登岸。更接近校長了！心情不免緊張。

「正榮！」

有人向他揮手。一個中年婦人，娟好的面貌，豐滿的體姿，濃厚的頭髮攏到後面束起，面更寬了。極力揮手。

「噢，師母竟然親自出來。」

李正榮趕快趨前，打躬作揖，一味說勞煩。師母卻說沒關係，是自己要來的，地方難找。走在前頭，步速還像多年前的又快又急。

眼前的校長並沒有多大改變，十年如一，頭髮沒有分界線，全往後梳，頭蠟的味道，撲鼻而來。師母捧出茶點之後便退開。開的是綠茶，綠茶的清幽和髮蠟的氣味互相搶奪着。似乎，校長使用髮蠟的分量愈來愈多。每個人的習慣，或者嗜好，只會一日比一日增加而不會減少……

「有幾個小朋友？」

李正榮回答：「有三個孩子，兩男一女。么女在台灣出生。」

「多大了？」

李正榮又如實一一報告。雖然，校長未必真心關心他的孩子，李正榮這樣揣測的時候，果然，校長未待李正榮說完，話鋒一轉，問候李正榮的妻子。

「美莉呢？鄭美莉？姓鄭的是嗎？身體如何？」

李正榮小心翼翼的對妻子的近況作了類近現況的評估，校長留心的聽着。

「多少歲了？超過三十歲？」

李正榮想不到校長會如此坦率，手心冒汗。李正榮於六十年代在香港出生，父母都是中國政權更替時南遷來港，胼手胝足，供書教學。李正榮在屋邨長大，在邨內學校接受教育。中學時認識校長。

當時的校長，還是一名師範教師。也就是校長留意到李正榮的體育天分。學校等級只屬二三線；李正榮考不上本地大學，校長出面，請教育界高人寫信保薦，往台灣報考體育系，李正榮這才留意校長人脈深廣。

可以說是有點敬畏校長之餘，有意無意間，懂得迴避。畢業之後回港，很自然的，成了教書匠。妻子鄭美莉是他的學生。師生戀？不好說。李正榮想盡量擺脱這一段過去，相反，過去卻成了纏繞他一生的陰影。

校長始終在意自己的妻子！二人無端的沉默着。李正榮再喝一口茶，突然，那味道……髮蠟！

「喀喀——」

給嗆了。氣氛卻意外地，把李正榮的窘態緩和；校長一笑。

「你有三個孩子，還有患過抑鬱的太太，經濟負擔很重。你要打起精神，好好工作。」

「明白的。」

校長也端起杯子，喝了一口，一邊思索，眼神停在對壁的一幅草書上：

非以役人，乃役於人

放下茶杯，校長正眼望着前來求助的舊生：「學校暫時未有體育科的教席，反而校務室有一個空缺，你先進來再說吧！體育活動來年要加強，要搞很多活動，如果都判給你，額外的收入，計算起來，跟正式教席差不多了。」

李正榮只能點頭。教書多年的他，一聽就知道，是做兩份工收一份工資。不過，他並沒有拒絕的條件！

一個神秘人，多年來都在追蹤他——每去一間學校執教，不久，就會有匿名信寄給學校告發他——說他私德敗壞，趁女學生遭逢家變時乘虛而入，誘騙女生，事敗之後，迫於無奈，娶了該名女學生！

轉了一所又一所學校，甚至避走台灣，沒有辦法入籍台灣。妻子的醫療，子女的教育成了障礙，又流徙回港了。李正榮向校長求助，是他最不願意走的一步，如果不是那天在銅鑼灣碰見久違了的師母。

「一有空缺我會助你轉職。凡事要忍讓，要知道，這世界，看似天大地大，遇上困境，連一塊瓦片都拾不到。」瞥見李正榮嘴角的笑容，實是苦笑。校長加重了語氣。

校長並不了解李正榮；自得其樂的自嘲經常被誤會，其實，他是樂天知命的天真派，如果不是這樣，也無法撐到今天了。

校長站起身，轉去觀賞窗下的水族箱。水族箱佈置精致，中間有假石，假石上有草海龜。李正榮想起自己最崇拜的魯迅：「躲進小樓成一統，管他春夏與秋冬。」他並不介意成為一隻龜，在石上自由自在曬太陽有何不可。李正榮又笑了。

「師母着你吃完飯才回去。」

校長依然盯着水族箱，沒有轉身。李正榮一聲「知道」的應了。

* * * * *

嘭——啪——

外面傳來熟悉的聲音，李正榮側耳傾聽了一回——節奏、彈跳，而終於按捺不住，離座走出校務室。就着欄杆向下望，幾名男學生，在操場練習傳球。星期六的早上，不是籃球隊員，卻顯得非常認真，基本功也穩健，初中生吧！奇怪。

李正榮笑一笑，跟自己搖頭，奇怪的事何止這一樣。例如，校長在市中心這所私校任教，卻住在了無人煙的小島；又例如，校長不是經常到校，眼睛卻無處不在。更奇怪的是，開學已經三個月了，令人提心吊膽的告發信還未跟蹤而來！又或者，給校長壓下了。心情不免放鬆……下面的學生，或者可以業餘栽培，有點技癢了。不過……並未得到某種的允許、承諾。

「小心為上。」有三個孩子的爸爸，只能如此了。

離開欄杆，踱回校務室之前，再望一眼——不料，有一雙眼睛正好往上偷瞄，二人眼神相遇……男學生立即閃開。

「呀——」眼神熱熾又畏縮——

星期一，回到學校，一進校門，感受到氣氛緊張。巴基斯坦籍校工立刻拉住他，「李 Sir，主任回來了，在頂層課室，你快點去幫忙。」

「發生什麼事？」

「有信，貼在課室門上。」

「信？」李正榮想了一想，心頭猛跳，「匿名信！」脫口而出。

「是，是匿名信。」校工本來不懂中文。

李正榮邁開腳步，往教學大樓跑去，也不等升降機，三步併兩步，像飛一樣衝上樓梯。面紅氣喘，來到頂層，在樓梯平台，往前看，見訓導主任站在走廊中間，神情肅穆，拿着一張紙出神。李正榮兩腿發抖，像機器人，一步一步往前移。

「主任……」顯出囁嚅，臉色蒼白。

「你來了！」訓導主任把手中紙張搓成一團，「快幫忙，逐個課室搜查。」急步移開，又回頭補充：「見到就撕。」揮一揮手上被搓成一團的紙張。

「呃……」未及詢問內容，訓導主任已經在視線消失。

陸陸續續，師生返校，開始一天忙碌的校園生活，聲浪澎湃。校務室卻前所未有的緊張，一種充滿壓力的靜默，只有各種作業操作的聲音在室內佔據。這樣沉重的氣氛，直到日落西山。

校長一整天沒有出現。

總共發現七封匿名信，貼在每一層中間位置課室的門上。第七封，在頂層最左端的圖書館，而且特別用了白膠漿。這一封，是李正榮撕下的。撕之前，一字一句，忐忑的唸了。

告發信的主角竟然不是自己，而是校長。

使用櫻桃色的唇彩——李正榮最初以為是顏色筆。歪斜的筆跡。打油詩，用了校長的名字：

校園原是遊戲室，長老是個大頑童，顧盼魚缸愛自戀，役奴股掌樂無窮，人前人後一個樣，渣滓又名XX蟲。

把首個字連成一句就是「校長顧役人渣」。

校長顧役人是人渣，彷彿用隱形墨水，寫滿校務室。像上帝的手指，在伯沙撒宮廷宴牆上揮舞。李正榮感覺到校務室愈沉默，回音愈大。快要爆炸了，幸好，下課鐘聲響起。有人率先發出一聲「吁」，解放了，繼而陸續「嗯——」，推椅離座聲此起彼落。

李正榮最後走。會有對應會議嗎？匿名信如何處理？正在思考一連串問題，冀望明確的指示，舉目環視，原來，校務室已空無一人。

燈光下，李正榮的影子又長又灰，悶悶不快地走出校園。

旺角的街道本來繁亂，今天更令人失去耐性。李正榮朝黑布街方向走，走到街角，見到兩個少年，一個穿着本校的校服，另一個，較成熟高大，穿的是便服，兩人面紅耳赤。爭執嗎？李正榮放慢了腳步。穿校服的少年，正是當天在操場，眼神相遇的孩子。李正榮愈走愈近——兩人提高警覺，不說話了。如果是當年，他會二話不說，趨前便很容易打開話匣子；今天，他選擇雙手插袋。經過二人身邊時，善意的朝他們一笑，走開了。

今天美莉心情似乎不錯，桌上的晚餐比往日豐富。洗碗的時候，李正榮一味想，是什麼節日而叫她忘憂？不過並沒有多少頭緒，從廚房望出去，看見妻子的側臉，因為是側臉，輪廓更見分明，又或者近年消瘦的緣故。

「還有潤膚乳液嗎？要不要買？」李正榮洗完碗走出來問。

妻子搖頭，眼睛依舊盯着電視熒幕裏的韓劇，「夏天，塗什麼潤膚霜。」

「我見你皮膚乾乾的。」李正榮本來想説。不過，今天應該什麼都不要説。

美莉爸爸有外遇，美莉的媽媽在家中自殺，美莉第一個發現，李正榮第一個趕到現場。

一隻小鴨子跌落坑底，一個男孩把牠抱上來，從此以後，那隻小鴨子認定男孩是鴨媽媽。就是這樣。

當時的李正榮沒有女朋友。巧合的，鄭美莉非常合眼緣，而當一位女孩遭遇不幸需要救生圈時，她需要遇到一位不好意思拒絕別人的紳士，巧合地，李正榮是這樣的紳士。

很多的巧合。

要告訴美莉今天學校發生的事？他本有強烈的意願想和妻子分享，連他本人也莫名其妙，結果，反而他找出一枝銀槍，往空地練習。

* * * * *

在學校附近的麥當勞吃完早餐，走出門口，看到昨天的學生正在等他。

「李Sir。」學生吞吐的喚了一聲。

「喂！」

李正榮回應了，學生卻再沒有答理。李正榮向學校的方向走，學生不徐不疾的跟着，依然沒有開腔。走了一段路，李正榮忍不住問：「你叫什麼名字？」

「何偉豪。」學生立刻說。

「你喜歡打籃球？」李正榮隨便一問，不料何偉豪隨即說：「李 Sir，教我打籃球？」

李正榮愕然，似乎，一早在店門外等候，是有目的。

「我……你沒有加入校隊？」

「校隊不會要我的。」

李正榮還未反應過來，何偉豪卻突然加快腳步。超前了李正榮，手腕碰到他。

李正榮感到有東西塞進他的手。幸好，他有運動細胞，及時抓住。

抬頭望見何偉豪匆忙的背影，同時間，訓導主任威嚴的身軀走入視線。李正榮好像明白了什麼，若無其事的，將何偉豪遞來的東西放入褲袋。

＊　＊　＊　＊　＊

美莉探頭入房間，見丈夫對着電腦入神，完全沒有留意她。美莉只好噢了一聲，李正榮才抬頭，朝妻子一笑，一面蓋上電腦。

「非常好奇，」美莉走入房間，道：「從前飯後你會走去空地耍一輪刀槍，為什麼近日總是一放下碗筷，便匆匆走入房看電腦。有什麼好隱瞞？」

李正榮伸伸懶腰，道：「其實也沒什麼，想告訴你的。不過，不知道你有沒有興趣，見你的精神全數放到一對兒子身上。」

美莉反而笑了。「有時我覺得你比兒子更像兒子。見你最近比從前開朗活潑，我才開心呢！說吧，發現了什麼新玩意？」

李正榮把妻子拉來，坐到自己身邊，重新打開電腦，指着屏幕說：「有個學生要我做籃球教練，你看，這是我幫他做的紀錄。」

「籃球教練？」美莉皺眉。「你主動？你私下教他？學校知道不知道？」一連串問題。

「我見他是可造之材。反正，我有一套現成的軟件，不用白不用。」把妻子尖銳的問題一一巧妙帶過。

美莉瞪着眼睛好一會，「唉」的歎一口氣，正色道：「我勸你放棄吧，難得過一些風平浪靜的的日子。」

一隻歷劫的小雞，比同期的小雞更快長大，成了一隻強悍的母雞。李正榮一早已經忘記，從前楚楚可憐的女學生到底長得怎麼個模樣。他拍拍妻子：「唯一的條件就是我不會落場教。沒事的，你放心。」

幸好，這個時候小兒子在外頭大聲問：「媽，我的運動衫乾了沒有？」妻子馬上走去回應。

李正榮怔怔的望着妻子的背影。

美莉提出的問題，李正榮都一一思考過，不過時間一久，便慢慢放下了戒心。何況，體育就是李正榮終生的志趣，遇到好材料，能不技癢？那天何偉豪塞給李正榮的，是他的電話號碼。猶豫了半天，終於還是撥號。電話中，李正榮要何偉豪老實回答兩個問題。

「校隊為什麼不收你？」

「我本來是校隊的，後來被踢了出來。我沒有犯錯，也不是技術問題，完全是私人恩怨。」何偉豪糾正，當時這樣回答。

「私人恩怨？怎麼說？」李正榮追問。

「那天放學，在黑布街，你不是看見我跟一個人爭執？」

李正榮想起來了，一個充滿憤怒的青年。

「他是舊生，體操隊的骨幹成員，也是我敬佩的學長兼死黨阿風，他開罪老顧……」

「老顧？」

「校長呀！開罪了老顧，你是沒辦法生存的。找個藉口，便被踢了出校。」

「到底他如何開罪校長？」

「就是不知道呀。阿風死口不說。你目睹我們爭執的一天，我又一次追問，到底觸犯了什麼嚴重規條。他硬是不說，卻要我……」何偉豪在此打住了。

「阿風是被踢出校的學生？唔，那又關你什麼事？」

「就是了，關我什麼事？我只是和幾個同情阿風的同學，找訓導主任求情，希望學校收回成命。」的確，高班出校，前途差不多寫在牆上。

「那就求情吧！何來私人恩怨？會不會是你誤會了？」李正榮認為何偉豪想多了。

「不，你不認識老顧。他就是怕你誤會，便說得明明白白。教練對我說，何偉豪，校長認為，你投籃偏差度太大，影響全隊，離開吧！」

李正榮在電話另一端聽得呆了。看來何偉豪並不知道李正榮是靠顧役人的關係受聘，見李正榮不作聲，何偉豪補充：「他就是要你知道，我們的前途，完全操控在他一人手上——學生、正教、助教無一例外。」

當時李正榮聯想到的，就是兩個星期前貼在課室門上的抹黑信。學校密封事件，學生完全不知情。

「另一個更重要的問題，為什麼拉我落水？」何偉豪看不見李正榮嘴角泛起的笑意。其實，無論何偉豪如何作答，李正榮都準備「落水」。愛護學生，容易激盪的正義感，普遍存在大部分老師心中。不過，當時何偉豪的答覆，更令李正榮動容。

「唔知架，憑直覺。一個眼神。」

「一個眼神？」

「一百米的距離，記得嗎？那天我們的眼神相遇了。就在那一刻，我決定相信你了。」

原來相信是一種決定，而不憑證據。就是這樣，李正榮做了何偉豪的私人教練。他叫何偉豪自拍一條走籃投籃的短片給他。李正榮一早已考得國際球證牌照，透過資格，買了一套價值不菲的軟件，將球員個人數據輸入電腦，便可以訂出一套訓練課程，非常詳細。

既然不在校隊，為什麼花費心血栽培？何偉豪又為什麼對籃球狠下苦功？值得兩人冒大風險？原來何偉豪有遠大目標呢！——開辦體育中心。

「我們經常聚在一起做夢。」經過幾輪磨合，有了更大的信任，何偉豪說了自己的夢想，兩眼閃着青春的火花。

「我們？」而李正榮更有興趣那個眾數。

「阿風啦，還有幾位志趣相投的朋友。」

何偉豪還說了一大堆計劃。年輕的好處！夢想可以是天邊的雲朵，你喜歡說是象就是象，似帆船就是帆船。李正榮沒打算叫醒夢中人。反正，他自己非常樂在其中。校長好像沒有將他轉為正式教師的意思；在家中，挫敗的洗禮，有意無意的，一家之主成了局外人！好不容易生活有了一個着力點——

何偉豪非常認真，也的確是可造之材。問題是，運動不是紙上談兵，如果不落場，恐怕不能幫助何偉豪突破一些盲點。美莉的挑戰，正正是李正榮近日的掙扎，如今逐漸浮上水面——要落場實體訓練嗎？

「嘟！」電話鈴動。

望一望來電號碼。

「呃！」何偉豪來電。

柴灣一個室內運動場，與學校的位置簡直是南北兩極。

何偉豪租了場。正當李正榮想說柴灣沒有籃球場作推辭，何偉豪卻說：「很難借場的，只此一次，求求你。」

門外寫着「室內羽毛球場」。李亞榮穿的鞋不合規格，推門進去，只能走場外的通道。放眼望去，兩個球場都有人在比賽。遠方的是混合賽；近方兩名青年男子，拼了死命互攻。打得羽毛球此起彼落，啪啪有聲。

何偉豪並沒有落場，但依足規矩，一身打羽毛球的裝束，坐在長凳上，一見李正榮便站起身招手。李正榮留意到何偉豪身旁有一位少女，有點面善。少女全神貫注在看近處的比賽，一點也沒有理會李正榮。

「教練。」何偉豪喚了一聲。

出於好奇，李正榮再認真留意，認出了球場內比賽的正是阿風。他再望一望少女。噢，是學校中三的一名女生，名字倒不知道。李正榮再次證明，女學生穿制服和穿便服，完全是兩個人！

看來，今趟會面並不簡單呢！李正榮露出責備的眼神，何偉豪假裝看不見。

「口渴呢，教練請我喝可樂！」嬉皮笑臉。

「你的餐單是禁可樂的。」

「我知道汽水機在哪。Coke Zero，我來了。」打恭作揖把李正榮帶走。

購買了汽水，二人靠近窗邊說話。何偉豪正式向李正榮道歉。

「我承認，請你出來，不是要練習籃球，而是介紹我的 start up 拍檔給你認識。人腳未齊的，主力就是三個，場上兩個，還有我。」

「不管三個還是四個，跟我都沒有關係！何偉豪，你連中學都未讀完……」李正榮愈說愈氣。後悔了，不應該因為滿足自己而讓學生荒廢學業。

「我明白，教練，你放心。我又不是 Steve Jobs，更加沒有車房。你放過我，我阿爸阿媽都不放過我啦！」

何偉豪說得生動，李正榮哭笑不得。何偉豪見李正榮心情鬆開了，又說：「我的朋友見我進步神速，都說要認識你。」

再一次，何偉豪把他的體育中心構想搬出來說一通。李正榮發覺他的計劃一天比一天豐富，說得繪影繪聲，天花亂墜。

李正榮試圖讓他回歸現實，於是問：「你的大計，何時開始實踐？」

「升上大學，我的目標是科技大學。」

「咦。」李正榮一愕，原來真有計劃的。

「我一升上大學，媽媽馬上就會將我多年的利是連本帶利歸還，她還答應我，如果會考成績好，會發放利是配對基金。場上的兩位。嘻，一位是網球教練。而阿風——」

「阿風又是什麼教練？」李正榮忍笑問。

何偉豪搖頭。「他的執行力非常強。學歷呢，只能在社區中心做打雜。不過，如何經營社區中心，如何安排課程，他都掌握了。」

李正榮真是自歎不如。想當年這個年紀，能顧及腳前兩三步已經萬幸。想到自己的際遇，竟自慚愧，把手中的汽水一飲而盡。

「教練，我說呢，預你一份，如何？」何偉豪望一眼李正榮，一面認真。

「什麼？」

「校長吖，留個校長位給你。」

「你都想好了。」李正榮啼笑皆非，扮天真的說：「我有多少薪酬？」

「肯定比你現在的薪酬高。阿風已經有了薪級表。三年後吧，會計算通貨膨脹。」

「噢！」李正榮瞪住何偉豪，傻眼了，一時無語。

「不要怪我多事，你泊校快要四個學期。體育老師也接近退休年齡。不瞞你說，同學都在背後竊竊私語，殷切期盼你接替他的位置。教練，你有想過嗎？」

李正榮語塞。如何回答學生？難道告訴他，每晚都做夢出掌學校的體育部？

「你想都別想了。教練，你到底得罪了老顧什麼？」何偉豪卻道。

是的。到底什麼事開罪校長？

「你不要瞎説，校長，也是我的校長。我去台灣讀體育，也是他保薦。」

「什麼！原來你們認識的？哎喲，你的情況比阿風更糟糕。」

「你……」

「老顧不滿阿風，直接把他踢出校。而你，卻是高風險得放在眼底直接監視。」

最後一句，何偉豪用足力度，一個字，一個字地説。

李正榮覺得不可思議，手心冒汗，兩腳發抖。

這個時候，響起了換場鐘。一陣喧嘩聲，陸續有人推開球場大門走出來。阿風和那位網球教練並排走，而那位女生，拿着毛巾默默跟着二人。

阿風走到李正榮和何偉豪跟前，望一眼李正榮，竟然立正，深深地鞠躬。沒説話，拜託和敬重的態度卻溢於言表。

何偉豪為李正榮逐一介紹。鄧啟風，張慶華，然後是唯一的女生。

「她是華真。中三B班。」

李正榮仍未從驚嚇中回過神，並沒有注意到，華真別過臉，眼神空洞。

* * * * *

又一次抹黑信！

「李Sir，立刻回來幫忙。」訓導主任掛電話給李正榮。李正榮看錶。六時零五分。

相同的內容，貼得比上次更牢固。除了李正榮，還有一個外人，訓導主任並沒有介紹，撕掉之後，那人走了。剛好趕及學校開門。

李正榮洗手的時候，呆呆的望着鏡中的自己，發現一條白頭髮。最近，白頭髮開始冒出來。早生華髮是家族遺傳，李正榮擔憂的卻是校長。無端的想起校長濃烈的髮蠟味道。

信中描述的，是誹謗，抑或事實？如果是誹謗，要中傷校長的人有何目的？如果是事實，那麼，一直為人敬重的校長，一直戴着面具做人麼？他的真面目到底是怎樣？

李正榮又想起他更敬重的師母，心裏掠過一絲難受。怪不得要住到偏遠的小島，可能要保護師母。不過，如果是基於隱瞞，那麼，抹黑信內容是事實的機率就大好多了，若然是後者，李正榮非常擔心師母。

抹好手後，李正榮返回校務室。在辦公桌上，訓導主任留給他字條：我在飲冰室等你。

飲冰室是區內最高檔的餐廳，平常學生都不會光顧，更何況，現在是課堂時間。

「咕——」肚子和應着，還未吃早餐呢。

訓導主任着李正榮點一份全日早餐。

「給他即磨咖啡。」訓導主任吩咐侍應。

「你知道我喝咖啡？」

訓導主任把一口炸魚塞進嘴中，沒有理會李正榮。氣氛僵硬，幸好，李正榮的早餐來了。李正榮拿起刀叉。訓導主任叫他慢慢吃，「這一餐我請。剛才辛苦你了。」

「哪兒的話……」李正榮馬上回應，卻又無法接下去。默默的吃着，更尷尬的是，伴隨着的，只有自己咀嚼的聲音——

上了飲品，李正榮喝了一口。

「這兒的即磨咖啡還可以。」

李正榮同意。

「喝吧，有機會就要喝。也不知道還有多久能來飲冰室。」訓導主任忽然轉換了音調，語氣凝重。

李正榮握着的咖啡杯擎在半空。

「我當然知道你喝咖啡，每天要喝多少杯我都知道。」訓導主任說，「因為，我的真正身分是——」

「嗯，真正身分？」李正榮摸不着頭腦。

「我的真正身分是調查員，正確的說是校長的調查員和記錄員，負責調查記錄校長身邊每個人的一舉一動。」訓導主任苦笑。

「啊！」

其實，李正榮都聽過這種行規，一般稱為「收風」，調查、記錄等正式銜頭還是首次聽聞。仔細記錄生活習慣更是聞所未聞。

「不過，恐怕我要革職了。兩次抹黑信，相隔兩個月，依然一點頭緒也沒有。我這個調查員白做了。」

「主任，那些信……」李正榮囁嚅。

「真又怎樣？假又怎樣？你要知道真相？你竟然關心真相。」訓導主任明白李正榮心裏想的是什麼，一陣冷笑。

訓導主任說的不無道理。難道訓導主任會去跟校長對質：信的內容是不是真的？

他的任務只不過要抽出寫抹黑信的人！

「校長沒事吧！這一輪他很少露面。」李正榮不好說掛心師母。不想訓導主任誤會了，「哼」了一聲，道：「校董會毫不知情，知道了也不會出事，全是他的人。」

見李正榮依然弄不懂狀況，續道：「今日那個人，是校長的線人。」

「噢！」

校長一早佈下天羅地網！李正榮忽然想起，久違的告密信……

難道一直以來，都是校長攔下了告密信？那麼，眼前的訓導主任，到底知道多少關於自己的事？一想至此，掩飾不住的驚惶，瞬間在眼眸浮現。

微妙的變化逃不過經驗豐富的訓導主任。自從上次的「貼信」事件，校長換了晚間看更，看更直接向校長匯報。今早，校長的電話吵醒睡夢中的訓導主任。「不要驚動任何人，我會派人過來。你可以找李正榮幫忙。」隔着電話，都能感受校長的不滿。而到了那一刻，他方知道，李正榮是「校長的人」。不過，這個校長的人竟然一直在校務室坐冷板凳！除了戇直之外，李正榮還有什麼校長看不上眼的缺點？

不過，眼下能獻上一分綿力的人，恐怕只有李正榮。

「能夠在放學和上學之間，神不知鬼不覺貼信的人，除了內鬼，外人辦不到。李Sir，你有沒有頭緒？」他向李正榮求救。

「頭緒……」

「哪怕是小小的觀察也好。」

所謂的調查員，只不過是非常皮毛的調查！李正榮慶幸，私下當何偉豪的籃球教練，直到此刻，都未被發現。

突然，李正榮想起了阿風，還有中三B班的華真。

——事件和他們有關？甚或是主謀？

「怎麼，你有頭緒？」訓導主任見李正榮陷入沉思，問道。當李正榮回答沒有時，讓他非常失望。

「我見你跟學生有説有笑，你着緊點打聽一下。」

李正榮唯唯諾諾。走出飲冰室，訓導主任又補上一句：「體育科快有空缺，你有條件補上的。」

一整天，李正榮都心神不定。他最怕的事情終於發生了——學校、校長、學生和自己的前途碰撞在一起！李正榮無心工作，舉目四望，由於事件只有他和訓導主任知道，校務室的氣氛如常。李正榮又多了一重觀察；校長不在的日子，同事輕鬆自在得多了。剛好今天沒有課餘活動要做助教，李正榮只盼能盡早下課。

鈴——

好不容易，放學鐘聲響徹校園。

校門打開，像鳥籠打開的暢快自由。

按慣例，李正榮殿後。縱使焦急，仍然忍耐着——

來到操場，學生差不多走光了，躁動歸於平靜。李正榮不免失笑。其實，自己也不趕忙呢！日光漸褪的校園也幫李正榮回復心神。腳步開始拖慢，一邊走，一邊回想今天發生的事。試圖理解、分析……前面有一個背影映入眼簾。

華真！

經過介紹後，之後在學校，李正榮對華真不免多加留意。單是背影，已能認出華真。「你着緊點打聽一下。」李正榮想起訓導主任的話，腳下很自然的跟着華真後頭走。

李正榮沒有必要懷疑阿風和華真，不過也不能排除任何可能性。若有真憑實據，他會告發學生？當然不會，他會告誡學生主動投案。他想做正式的體育教師？

當然想，但從未想過利用學生的前途去交換。然而，李正榮真的很介意真相！直覺告訴他，華真他們掌握住真相的某幅拼圖。

華真往前走，步伐散漫。似有方向，又像漫無目的。以為她要去乘搭地鐵，不料華真向油麻地方向前進，已經走了一個地鐵站的距離。奇怪，她要去哪兒？看來並不急着回家。學生放學之後，一般都會三五成羣在街上流連，或去麥當勞叫囂。像華真這樣形單影隻的不多見。作為老師，想理解學生的心情油然升起。

李正榮正想加快腳步上前打招呼，不料，華真走入了大型百貨公司。

有點猶疑。大型百貨公司的地下商場，是香水化妝品部，一介男子走進去幹什麼！當李正榮下定決心跟入去時，已不見了華真的蹤影，李正榮少不免後悔，又心有不甘。

他四周張看，肯定華真不在化妝部，便走向位於中間位置的高級皮具櫃位。

依然不見華真蹤影，正當失望時……

[illegible]——

附近的更衣室小門打開。李正榮抬頭，從一面照身鏡看到一個少女從更衣室步出。李正榮心頭猛跳。

華真，換了裝束的華真！一條短得不能再短的花裙子，化了妝，橙紅色的唇彩使華真立時大了五、六年。差點認不出來！三個華真，三個模樣！李正榮看呆了。變裝後的華真卻換了腳步，肯定地向另一個出口走去。快要消失了，李正榮才回過神追上去。自動門開啟，一陣熱氣襲來，定一定神，尋找華真的蹤跡。

剛好捕捉到一條短花裙在行人路外飄了一下，一部黑色賓治，還有一個給賓治擋住的身影。

身影和華真上了賓治。

「華真！」李正榮大叫。賓治卻開走了。

「唉！」李正榮氣急敗壞。

空氣中散發着一股熟悉的氣味——濃烈的髮蠟味道。

＊　＊　＊　＊　＊

「鄧啟風和華真是不是男女朋友關係？」李正榮與何偉豪通電話，問道。

「咦！不知道啊！教練，你竟然好奇人家的私生活。」何偉豪在另一端嬉皮笑臉。

「我知道問得唐突。不如這樣説吧，我是老派的教師，危機處理是我們最敏感的議題。」

「教練，好複雜，可否單刀直入？就好像一個三分投籃。霍——」

滿以為何偉豪有問必答呢！李正榮碰壁了！怎麼辦？無論是校長的抹黑信，抑或是對華真的發現，一樣都不能透露。正自為難，何偉豪反而打破沉默，正經的說：

「其實我一樣有你的疑問。我覺得他們不可能是一對。無端端的，某一天，華真忽然在阿風身邊出現。」

「忽然出現？然後就走在一起？」李正榮覺得不可思議。

「唉。阿風這個人，太善良了，就是好欺負的那一類人。」

「好欺負……」

「你不要笑。我知道你想笑。他的怒氣，全是因為給人佔了便宜，又不懂還擊，只能對自己發脾氣。」

李正榮想起阿風那天向自己深深鞠躬。的確，他也遇過這樣的學生，特別是男生，不擅表達，不懂拒絕，內向又心地善良。如果是的話，貼抹黑信的人肯定不是鄧啟風。

李正榮一則以喜，一則以憂。喜的是阿風沒有做壞事，憂的是線索斷了。

「若如你所言，又有什麼奇怪。看來，阿風是來者不拒。」

「我奇怪的不是阿風，何況阿風正值傷心期。我奇怪的是華真。這個人，説不出的怪異，額頭貼着一張無形的符咒。」

「什麼符咒？」

「生人勿近。」

「你説的很生動。」李正榮會心微笑，又問：「剛才你説，阿風正值傷心期，此話何解？」

「當時，阿風的正牌女友離開了他，往外國升學。」

「正牌女友是不是同學？」

「是的，跟阿風同一班。」

李正榮忽然想起：「那麼，阿風和學校的衝突，會不會由於他們談戀愛？」

「或者是，又或者不是。你知道老顧恐怖的地方在哪？」

「在哪？」

「就是你不知道他的底線在哪。好像沒有劃上界線的球場。你專心打球，忽然他叫你出場，說你出界。翻查紀錄的證據也欠奉。」

說得李正榮汗毛直豎。

「教練你不用煩，其實我多謝老顧還來不及呢！他把我們訓練得非常出色，比你更勁，不過他是反手做。」

李正榮無言反駁，何偉豪說的，是許多師生不敢宣之於口的心底話。忽然，李正榮靈機一觸。

「既然有諸多不滿，有沒有想過要愚弄他一番？」李正榮把「校長」兩個字小心眼的隱藏。

「嘩，當然有啦。否則活不下去了。」

「例如……」

「教練，你不用給我設陷阱。我們只說不做的。」

「當然，當然。我還是有興趣知道。」

何偉豪說得眉飛色舞。不外是電視劇集的橋段。例如在座椅上塗膠水，在飲品中落瀉藥。無聊的捉弄，並不是有計劃的、有目的的手段。李正榮認為，都是小孩無聊的把戲。何偉豪說：「對呀，我都不屑做。更何況，老顧一定追究到底，下場慘淡。」

「假如，真的是假如，寫告密信又如何？」

「咦，阿風那個傻瓜莫非寫了告密信？當然行不通。信件未被公開已經攔下。然後出動『警犬』……」

「警犬？」

「教練你不要扮純情。你不是警犬吧！」

「不是，我不是。」李正榮立刻否認。

「你亦沒有這個本事。」電話傳來何偉豪嘻嘻的笑聲。

「如果不是寄，到處貼呢？像告示一樣。」

「像追數公司的手法？」

「對。」

「這個好，這個一流。不過，要有動機才會行動，因為太費神了。」

「例如，放學後，貼在課室門上……怎樣才做到神不知鬼不覺？」李正榮再說得具體一點。

「那還不容易！放學時躲起來不就成了嗎？所有可以隱藏的地方我都知道。」

李正榮一愕。「整個晚上？」

「有何不可？睡一覺還可以。」

「不怕被看更發現？」

「貼得大字報，應該有周詳計劃。教練，你要事先想好如何蒙混看更。」

「不是的，你誤會了。」李正榮急急的說。

「是的，我誤會了。我沒有說過，你沒有聽過。掛電話了。」

「嘟」的一聲，收線。

臨上班的時候，美莉告訴丈夫：「附近開了一間糕點教室，我會去做兼職。」

李正榮有點愕然，望一望手錶。看來，妻子是計算好的，讓他沒有時間跟自己討論。李正榮心裏不爽，低頭穿鞋。

美莉趁機補充說：「你一份人工不夠的，要預備孩子的教育費。反正我對做糕點有興趣，也懂一點。你跟我說會有機會轉做正職，已經一個學期了。」

是的，當天李正榮滿懷希望告訴妻子會轉職的消息。可惜落空了。

穿鞋後，李正榮鼓起勇氣跟妻子說：「有一個學生，會開體育中心，想找我去做校長，認真的。」

「真的？那很好。」美莉勉強一笑。李正榮欲語還休，也沒有時間解釋。

「彭——」把門關了。

＊　＊　＊　＊　＊

今天，李正榮突然想去飲冰室吃早餐。這條熟悉的路，上班下班，最初走得起勁，現在卻愈來愈不耐煩，好像一條看不見盡頭的路，不想走，又怕有一天會走完。李正榮慢慢吃着早餐，回想這幾個月的生活，上過高山又跌落低谷，跟何偉豪通話翌日，李正榮立刻告訴訓導主任的調查發現——當然不會告訴他消息的來源。還記得訓導主任當時非常興奮，說他幫了一個大忙。「你等着升職吧！」可是接着下來的日子，什麼事情也沒有發生，風平浪靜得鬱悶。若真的要說有什麼改變，就是靜悄悄的換了校工，早班和夜班都換。然後一天……

訓導主任帶着一位中年男士在校務室出現，介紹說：「新學期的體育老師。袁Sir。」李正榮錯愕，直直地望着訓導主任，訓導主任卻別過面。

當時李正榮非常好奇，當中到底發生了什麼事，卻沒有人跟他做任何討論。

離開飲冰室，悶悶不樂的走回學校，發現學校門口停了兩輛警車。車頂的紅燈一閃一閃，附近聚滿一堆一堆看熱鬧的人羣。其中，有低年級的家長。一位熟悉的家長叫住他：「李Sir！」李正榮停步。

「是誰啊，多少個學生？」家長問。

「什麼？」

「說搗破了一個偷手機的集團。你不知道？」

「呃，我不知道。」

「很擔心呢，你快去打聽一下。」李正榮滿腹狐疑，怎會有偷手機的集團在學校運作？學校亂作一團，氣氛緊張。

有好多消息，分不出哪些是真，哪些是假。俄而，警察逐一離開了。過了午飯時段，學校的播音器傳來了一段消息。香港警方在學校全力配合之下，成功搗破一個在學校運作多時的偷竊集團，校園恢復秩序，學校和學生的財物得以保護，請學生信任校園的安全，繼續上課。又因私隱條例，暫時未能公布學生身分。代表學校講話的是訓導主任。

太多的問號，李正榮不得不去找訓導主任，要問個清楚明白。

「我知道，我知道。你不開心。我理解的。」李正榮還未開口，訓導主任笑着說，拍拍他的肩膊。這樣一來，李正榮真的不知道可以再說什麼。

「這趟完全是你的功勞，可是你這個人實在正直，校長認為，不能預先將計劃告訴你。」

「我不明白。」李正榮是正直，卻不是傻瓜，他不願意往壞的方向想。

「總之，你心裏怎麼想，就是怎麼樣。」怎知訓導主任說得坦白。

李正榮心裏想的，當然是貼抹黑信的人給查找出來了，不但查找出來，還被設了一個局陷害，說成是偷竊集團，交給了警方。

李正榮倒抽一口氣，不期然眼泛淚光，無法接受這個事實。

李正榮認真考慮轉換跑道。他早年買了一個七百呎單位，往台灣時租了出去。現在的住處四百呎，付了首期，用第一個物業的租金續供，每月還有少量盈餘。三個孩子開始長大，住處非常擠逼。李正榮一早想放了現在的物業，搬回那七百呎的單位；最近又有了更進取的想法：兩個單位通通賣掉，除去補給銀行的差額，接近有三百萬現金。這個想法對於一個有三個孩子的父親來說接近瘋狂。

李正榮勝在沒有上一輩要照顧，爸媽一早跟着有錢的姊夫移民澳洲。美莉的爸爸跑了，媽媽自殺身亡，把李正榮逼出安舒區的是發了瘋的世界。

瘋狂的世界，就是要讓人發瘋。他記得，當天厚着面皮問訓導主任為何請新老師，而不是按照口頭承諾把他轉為正職。答案令李正榮非常吃驚。

「校長說，正榮太正直了，一定不願意蹚這趟污水。我們也不要太難為他了。」訓導主任說，還假裝天真問：「不是嗎？你不是這樣想？」

魯迅筆下的人血饅頭，在什麼人的道德論述都非常好用。往口中一塞，無法作聲。

返回現實，問題是，兩個物業都和妻子聯名，需要和她好好商量。如要說服妻子，答應將起碼一半現金成立教育基金，一定會大大增加美莉同意的籌碼。至於住房，預算往創業路狂奔的人，住哪兒怎麼住已變得不重要。

上午課剛結束。李正榮最近忙着計算貸款、資金，沒有出外吃飯。他總是往小食部買三文治，或者胡亂吃點什麼。

買了熱維他奶、嘉頓蛋糕，坐下準備吃時，有人喚他：「李 Sir。」抬頭一望——

華真！

李正榮有點錯愕。面對華真，有意或無意地，又不知誰主動誰被動，保持着距離。

「啊，沒有出去吃飯？」李正榮問得生硬。

華真說沒有。

「要吃什麼？我幫你買。」華真搖頭，說吃過了。李正榮見她沒有離開的意思，拍拍木凳說：「坐。」華真依言坐下。

李正榮吃蛋糕，一面想，華真知不知道他向何偉豪查問她和阿風關係一事。他又胡亂猜測，兩個男生根本不會互通聲氣，討論感情的問題。

跟自己一笑，拿起維他奶時，華真開腔：「老師贊不贊成中學生談戀愛？」

李正榮差點把口中的維他奶噴出來。李正榮已經忘記，討論中學生應否談戀愛是哪個世紀的事。他正眼望一望華真，穿着校服，兩眼無神的華真，令人動不起任何談戀愛的念頭。不過，球場上小鳥依人的華真，和百貨公司刻意打扮的華真同時間浮上腦海。

李正榮沒有興趣了解華真，卻很自然的履行老師的本分。

他掏出手帕抹嘴，然後說：「中學生當然不應該談戀愛。」

「那麼，為什麼校園從未作過討論？」竟然追問。

李正榮忍笑說：「因為沒有討論的空間。」

——非未獨裁，而是討論也沒有意思。何況，現在的教育制度，教師並沒有多餘的時間關心學生的感情生活。

「我倒想老師跟我們討論一下。」

「你有戀愛的煩惱？」

「老師你知道的。」華真突然嬌嗔，「你不能就幫一點忙？」

「我能幫上什麼忙？」

華真低頭不語，望着自己的雙手說：「我分不清友情和愛情。」

不知道為什麼，李正榮只感到背部略過一陣寒意。這個女孩，到底想在我身上查探什麼？

「華真，連我都好想知道答案。我相信，唯有一個人能傾聽你心事，幫你走出迷宮。」

「誰？」

「你的媽媽。唯有媽媽最關心子女，又有豐富的經驗。」

華真面色一沉。李正榮再沒有注視華真，匆忙執拾檯面，站起身來。

轉身前又不忙補上一句：「不要忽略，偉大的母親永遠默默的站在我們身邊。」

* * * * *

美莉不肯把兩個物業都悉數出售，「賣現在這個單位吧！」算是讓步。

「你要創業，但我們更加需要一個安樂窩。」妻子的想法是合理的。更何況，合理不合理，李正榮從來不會和妻子辯駁。

他對創業愈來愈有把握了，原來門路多的是。有一對夫婦，是李正榮的同班同學，都在教體育。他們聽了何偉豪的計劃哈哈大笑。

「典型的香港學生。」得到這樣的評價。「機會多的是。也不一定要開什麼中心。組織一些小組，以私人執教更好。對象是注重健康的中產族。她帶一班太太跑步。」同學指一指身邊的太太。二人都積極鼓勵李正榮辭職。李正榮沒有透露太多。即使這樣，同學還是一味說：「校長不對勁。」

剩下來最大的思想掙扎是師母。

——如果離校，豈不是辜負師母！況且，直接告訴師母，不但讓校長知道自己的計劃，更會讓校長知道自己有多麼不滿。不過，時間不讓李正榮多作考慮；考完試就要放聖誕假。他打電話給師母。師母聽到是李正榮打來，非常高興。

「我一直掛念你，經常為你祈禱。」師母是虔誠天主教徒。「每趟校長回來，我都問他，阿榮怎樣啦？他說你教得很愉快，很受學生歡迎。」

「嗯！」李正榮愈聽愈覺得奇怪，原來校長隱瞞了自己在學校的待遇。

回想那天在銅鑼灣曾碰到師母，師母說去看醫生。

他因而問道：「師母身體可好？」

師母說，都是老毛病，「長期針灸就是啦。」

「銅鑼灣？」師母說是。

李正榮說：「下一次去做針灸時，事先告訴我。我請喝茶。」

師母那邊沉默了一刻。再次說話時，語調已沒有先前的愉快：「要喝茶，什麼時候也可以。你說吧！」

不愧是師母！師母說可提早去針灸，於是二人約了在銅鑼灣一家咖啡店見面。

當師母知道李正榮依然在校務室工作，她十分驚訝！瞪大眼，久久不能說話。

李正榮反而安慰師母：「校長應有理由的。或者，在體育方面，他覺得我幫不上忙。」

師母卻搖頭，「不，是我想你幫他的忙，不是要他來扶植你。唉，也罷。聽天主的旨意吧。」

李正榮弄不懂師母的意思，但見她一臉哀傷，不知如何是好。

俄而，豆大的淚珠滾下，開始啜泣，滿面淚痕，嚇得李正榮不知所措，忙掏出手帕遞給師母。只待師母平靜心神，不敢吭一聲。

過了好一會，師母終於平復了，喝了一口咖啡，道：「阿榮，師母永遠支持你。你要走的路，放膽走下去。」

李正榮多謝師母，欲言又止。

師母說：「放心，我不會告訴校長的。你的計劃也不用向我說明。」

李正榮不放心師母，問：「你沒事吧？」

師母淒苦一笑：「還能有什麼事？要發生的終究會發生。」

李正榮不明白也不敢問，便說送師母去做針灸，師母答應了。

二人慢慢走，都不說話，似乎各有心事。來到醫館所在的大廈，師母說：「到了。」李正榮跟師母道別，臨別前，又說：「祝師母早日康復。」

「我的病沒什麼大不了，反而校長的病——」

久未聯絡的何偉豪打電話來，喚了一聲「教練」。有點意外呢！

自從偷竊集團事件之後，何偉豪說媽媽落了死命令讀書，只好暫時放下籃球操練。李正榮知道是藉口，爽快答應了。

「有需要隨時找我。」當時李正榮是這樣說的。

再次聽到何偉豪的聲音，不禁眼眶一熱，非常複雜又說不出的感受。總體是高興的，他提高了聲音：「何偉豪！哈哈！」

對話開始時不大自然，慢慢的聊着，很快便突破了尷尬，陌生感一掃而空。李正榮了解何偉豪，他應該有話想說。不過他並不好奇，也不來主動催問，讓通話的氣氛更自然。

果然，趁着一個短暫停頓之後，何偉豪冒出一句：「教練，很奇怪，這通電話，是有人拜託我打給你的。」

「誰？」

「阿風。」

確實奇怪呢，見過一次面又沉默寡言的朋友。

「又真的奇怪。他找我什麼事？」

「更奇怪的是，他要我傳給你一個非常私人的訊息。他要我跟你說：他和華真再沒有往來。還煞有介事的，叫我記得告訴你。」

「哦——」確實奇怪，李正榮追問：「他沒有進一步解釋？」

「沒有。嚴格來說，二人並沒有交往。華真突然出現，現在又突然消失。」何偉豪補充：「這是我的觀察，這句是我自己加上去的。」

掛線之後，李正榮陷入了沉思。最近，師母的話經常盤旋不去——校長病了！到底是什麼意思？不期然，又多了一個奇怪的訊息！為什麼要告訴我，阿風與華真再沒有往來？

思想混亂，李正榮決定出外去跑步，穿上鞋後，告訴妻子，關上門，走下樓梯。住處在深水埗，跑了二十分鐘，便到了太子道，決定繞一個圈折返，於是過馬路走入界限街，一直向前跑。

噠——噠——

運動場在望了。李正榮考慮走入去跑圈。這個時候，一個熟悉的影子進入視線。

華真！一眼便認出了。這一趟是一襲長裙，輕飄飄的，盤了一個高高的髮髻，彩色的髮圈，打扮得非常搶眼。在這個區域，很容易被人誤會是經常出入酒吧的女郎。

阿風說跟華真再沒有往來，華真就在眼前出現，多麼的巧合。

華真又是一個人，看來有清晰的目的地。顯然，她並沒有發現李正榮。他一刻都沒有考慮，跟了過去，尾隨華真。來到一棟單棟大廈前面，華真按了密碼，大閘開啟，華真走進去。李正榮上前，透過大閘張望。大堂狹長，連升降機也看不見。李正榮顯得失望，徘徊一陣子，打算離開。他穿過泊在路邊的車子，看見一輛賓治。

「咦！」似曾相識。端詳了好一會──想起來了，是當日接載華真的那輛車子。即是說，今天晚上，華真約會的是同一個人，就在這幢大廈內！

強烈的好奇！

李正榮向何偉豪要了鄧啟風的聯絡。

那一晚，在華真走入去的單位，他守候超過一小時，等不到華真走出來，怕街坊懷疑，又怕妻子掛心，於是離開。思前想後，他決定去找鄧啟風。這個人未必會向他透露什麼。不過，李正榮再也按捺不住了，種種的際遇，必得找出打開疑惑的鎖匙。

「阿風。我不只一次碰見華真，跟學校的模樣完全不同。到底你認識的她是怎樣的一個人？」

「我明白你的疑惑。」果然，阿風只是這樣回應。

「你明白什麼？」李正榮好沒氣的，換來是電話另一端繼續的沉默。

看來，面對這類的人，問對問題非常重要。他想到一個關鍵人物——校長！決定所有的問題，都環繞校長發出。

「你離校是因為校長嗎？」

「是。」

「即使你離校，校長還在監視你？」

「本來不覺得，不過華真出現後……」

「華真是校長派來的？」

「應該是。」

李正榮只不過隨口問問，竟然「隨口中」。有點半信半疑。

「你有證據？華真是校長派來的？」

「嗯，證據是沒有，不過手法非常相同。」鄧啟風遲延了一陣，回答道。

「手法？你熟悉校長的手法？」李正榮追問。

「那是因為，我曾經是他的追隨者，我也曾被派去監視別人。」

李正榮非常震驚。扯開話題了，阿風接着說下去：「他先抓着你一個弱點，例如我，想成為軟體代表，他說會幫助你，然後讓你為他效勞。後來我覺得厭惡，背叛了他。」

「原來如此。」那麼，華真是校長的探子自不待言。李正榮好奇。

「華真的弱點又是什麼？」

「華真的弱點……唔知呢！貪錢啩！」阿風答道，似開玩笑，卻非常入耳。又說：「教練，要掛線啦！」

確實，鄧啟風已經有很大的突破。

李正榮急急問道：「最後一條問題：你告訴我，你再沒有和華真往來，也是和校長有關？」

「對。——華真似乎另有任務……教練，你的動向校長或者已經知道。」

「嘟——」掛斷電話。

接連兩天，李正榮都在界限街一帶徘徊。早上打探消息，晚間監視。

那天晚上他只穿着單薄的運動服，在街上又站了兩小時，回到家時，喉嚨有點痛，開始傷風。李正榮靈機一觸，平常他是不會看醫生的，這次卻步入醫務所。

醫生往他喉嚨一照，說：「發炎了，好好休息。」給他開了一些感冒藥，問李正榮要不要假紙。

李正榮說：「給我兩天，好嗎？」他一家都是看這個醫生；醫生想一想，就寫了兩天的假紙。

如果阿風所言屬實，一切都可以解釋了——因為自己沒有表忠，所以一直不被看作是「自己人」；還有華真突然轉變的態度……阿風說華真的新任務，目標原來就是自己！幸好他對華真毫無好感，不為所動。李正榮更無端猜測，那封一直追蹤着他的投訴信，一來到這間學校便停止了，這都是校長背後的動作！所以，師母說，校長病了，想李正榮幫他。

他買了一大堆零食，光顧這區的每間食店，每天都捧着鮮花回家給美莉。美莉笑逐顏開。收穫滿滿——小道消息。集合了花店老闆、餐廳夥計的訊息，得到的圖畫就是：這裏有一個某校校長金屋藏嬌。而且，校長喜歡「嫩」的。

李正榮不願意相信這個事實，不過，似乎這個真的就是事實！晚上的監視卻一無所獲。不見華真，也不見校長。病假已經完結了。下一步，該如何打算？追查到底，抑或就此作罷？

想了一個晚上，決定明天回校辭職——既然沒有真憑實據，撕破面皮對大家都沒有好處，辭職變了唯一的選擇。其實這是遲早的一步，現在只是把它推前了。李正榮沒有跟妻子商量，打算辭職後再告訴她。他打好信，放入公事包，便上牀就寢。

翌日回校，校長不在呢！李正榮不願意拖延，跟訓導主任直接說了要辭職。訓導主任似乎也預料到這一天，他叫李正榮等一等，私下給校長打電話。

訓導主任回來說：「校長請你親自把信帶給他。」遞過來一張紙條。

李正榮打開一看，上面寫着的地址，正是校長界限街金屋藏嬌的地址！

「校長請你在晚上九時過去。」訓導主任說。

吃過晚飯，換回上班服，把辭職信放在內袋，跟着出門口。

妻子好奇：「去哪兒？為什麼穿着整齊？」

李正榮想一想，「回來再說。」就這樣告訴妻子。

徒步往「金屋」走去，他走到運動場入口，有人叫住他，李正榮回頭。

這一回頭，改寫了李正榮一生。

李正榮的口供：

星期一晚上，我出外跑步，感染風寒，醫生給了我兩天病假。在病牀上，想到計劃人生下半場，預備開創自己的事業，便寫了一封辭職信。星期四回校，校長不在。——後來，訓導主任叫我在晚上九時，帶辭職信去校長位於界限街的住所，當面向校長辭職。

我知不知道校長在市區有一個單位？……我不知道。

大概八時半吧，可能更早一點，我走到運動場，有人叫喚我，回頭一望，原來是華真。——學校中三的女生——我沒有教任何班級，只有教課外體育活動。——華真沒有參加任何體育活動。沒有，我不知道所有女生的名字，為什麼知道華真的名字？呃——

我問她，為什麼來這兒，她說來找校長。我問她是否約了校長，她說不是。只是心裏不舒服，有些事情想跟校長說清楚。

我沒懷疑她怎知道校長的住處？那是因為……我不知道如何解釋。

然後？然後，我們入了運動場。

我忘記了，我忘記了是華真想坐下來談話，還是我想聽聽她的困惑，總之我們坐下了。我第一次聽到華真的家境，原來她和爸爸兩個人從內地來香港生活。因為爸爸身體不好，要長期治療，所以媽媽才叫爸爸來香港生活。

由華真讀小學開始，直到現在中學，她一邊讀書，一邊要照顧爸爸，她感到非常吃力，就在這個時候，校長主動關懷她，照顧她。聽得入神之際，華真卻說口渴，請我幫她買一盒檸檬茶。於是我往販賣機去買。

請你好好聽我現在的描述，這是我回想出來的細節，非常重要。我買了檸檬茶回來時，卻見華真手裏拿着一瓶小號礦泉水，她說：「對不起，我忘記了原來我帶了樽裝水。」她接過檸檬茶，放進身邊的布袋內。我重新坐下，等她開口繼續先前的話題。她望一望前方，喝了一口水，又再從布袋中拿出檸檬茶，遞給我說：「不如你喝。」這兒很關鍵的，我不是在兜圈子，我認為，那盒檸檬茶，不是我先前買給她的那盒，已經調換了。

不是天方夜譚，是真的。是預謀。

我沒有證據，是我的推敲。如果不是，沒法解釋我昏迷的事。

我真的昏迷。我喝了檸檬茶，不久，華真的聲音開始變得斷斷續續，我的視線也變得模糊。後來，什麼都不知道了。當我醒來的時候，在一間時鐘酒店的房內……

房內只有我一個人，我頭痛欲裂，坐的士回家。剛睡着不久，電話鈴聲把我叫醒了。

華真口供：

老師約我出去。李正榮老師為什麼約我出去？我不知道，就是不知道，所以出去。我……對他有好感，但我不知道他的為人是這樣的。他為什麼有我的聯絡？幾個星期前，忘記了正確的日子，在小賣部，他問我要電話。我沒有拒絕，是的，我沒有拒絕。

他告訴我，校長迫害他。是的，我同情他，相信他。然後他說喜歡我。是的，就是這樣突然。他說他不是一時衝動。……他告訴我，曾經跟蹤我，我覺得他對我癡迷。我高興？嗯，應該是吧！

檸檬茶？沒有，我沒有說要喝檸檬茶。然後？然後老師說……不要稱呼老師？疑犯？好的。疑犯說心好亂，不想即時回家，叫我陪他去時鐘酒店。我明白去時鐘酒店的意思，不過，我捨不得離開，我相信他只是一時心煩，直至那一刻，我還相信他是正人君子。

有沒有性經驗……當然沒有（憤怒），我是正經學生。

一入房，他就把我推倒牀上。……有沒有反抗？有吧！很混亂……

顧役人口供：

星期四深夜，不，應該是星期五凌晨，華真打電話給我。是，直接打電話。不是每個學生都有我的電話，見過家長的，有需要的學生，有男有女，是將電話給了家長。

凌晨四點，大約是這個鐘數，華真說剛剛，在一間時鐘酒店，和疑犯李正榮在半推半就的情況下發生了性關係，現在回想起來，非常後悔。然後，在電話中哭了，哭得不能說話。

我承認我處理不當，我不應該把華真和李正榮都叫來我在市區的住所。我應該報警，但作為校長，我愛惜學生，疑犯也是我的學生，我更愛惜校譽。

辭職？疑犯說辭職？我未聽聞。知道我住哪兒？不可能吧！

疑犯先到，是的，疑犯先到，大約早十五分鐘吧。他問我為什麼叫他來。我把華真對他的控訴告訴他——

他十分驚訝，一味否認，當我開始相信，有些動搖的時候，華真來了。華真一出現，疑犯顯得十分激動，他撲向華真，搖晃她，「說，說你講大話。」華真嚇得哭了，兩人亂作一團，糾纏起來。我怕疑犯傷害華真，大聲喝他：「夠了，放開她。」突然，華真面色一變，推開疑犯，說：「校長，我要報警，他侵犯我。」疑犯發狂，轉而恐嚇我，要我阻止華真報警，又胡言亂語，嘈吵了很久。當我說一定要報警時，疑犯反而安靜下來，說：「校長，一切都是你策劃的。」目露兇光。視線投向餐桌，然後向餐桌走去。我才會意過來，桌上有一盆生果，生果旁有一柄生果刀……

法庭上證人的證供。

證人甲：時鐘酒店店員

檢控官遞給他酒店登記表：請你認一認，十一月二十八日，十時四十八分，有一男一女來開房。上面是男子的簽名，李正榮。

證人甲：對的。

檢控官：當時李正榮清醒？

證人甲：清醒。

檢控官：肯定？

證人甲：肯定。

檢控官：李正榮今天在法庭上嗎？你可以指出他來嗎？

證人甲望向犯人欄：我不敢肯定是不是他，當天他穿的是西服，今天這個人不是。

證人乙：訓導主任

檢控官：李正榮說要辭職，你知道這件事嗎？

訓導主任：我不知道。

（犯人欄有聲音大聲說：你講大話！）

檢控官：你有傳話叫他十一月二十八日，晚上九時去找校長嗎？

訓導主任：沒有。

證人丙：李正榮妻子美莉

檢控官：十一月二十八日晚上，你丈夫外出，有沒有告訴你去哪兒？

證人丙：沒有。我問他，他說回來再告訴我。

檢控官：他出門口時，有沒有怪異的地方？

證人丙：嗯，穿戴整齊算不算？

檢控官：他什麼時候回來？

證人丙：我不知道，我睡覺了，應該很晚。差不多到凌晨時分，聽到電話鈴聲。

檢控官：是李正榮的電話？

證人丙：是，他說是校長，校長打給他，叫他過去。

檢控官：接電話後的李正榮有什麼異樣？

證人丙：他面色蒼白，他說一整晚發噩夢，他不知道自己身在何方。能回家真是太好了。臨出門口的時候，竟然說，你要為我祈禱。

檢控官：你們是教徒？

證人丙：不是。

檢控官：你有多信任你的丈夫？

證人丙：我完全信任他。

檢控官：據說，你從前是李正榮的學生，是嗎？

證人丙：是又怎樣！

（律師反對檢控官的提問與案情無關，檢控官反駁說，疑犯一直對女學生有興趣這一點很重要）

法官：被告第一條控罪——與未成年人士發生性行為，控罪是否成立？

陪審團代表：成立。

法官：被告第二條控罪——蓄意傷害他人身體，控罪是否成立？

陪審團代表：成立。

第六章　神探高皆

城中發生一起謀殺案，警方迅速破案。推理小說作家閱畢報道，馬上根據案情創作一篇短篇小說。作家師法日本寫實派，又自嘲是愛倫坡變異體。評論家鮮有提及他的作品，卻不得不承認，他的神探高皆系列，往往有神來之筆。

郊區發生謀殺案，城中名探高皆，因為有好朋友在易私家偵探社通報，他比任何警方人員率先抵達命案現場。在當區警方未蜂擁而至之先，高皆已在現場作初步調查。

命案現場是恍如廢墟的三棟村屋，面臨一個細小的紅樹林，有多種棲鳥。死者是一名五十多歲的流浪漢，從前是體育老師。

分局指揮官見到高皆，吁一口氣：「你樂意幫忙，本人十分感謝。」

高皆馬上一口答應：「請你將驗屍報告傳到我的辦公室。」

分區指揮官並不知情——易偵探社收到一筆可觀的委託費尋找死者，足見命案並非流浪漢被殺那麼簡單。

高皆很快已經鎖定了兇手。這一天在辦公室，高皆拿着驗屍報告跟下屬開會。包括一位易容高手阿樸，一位死纏爛打的幹探阿慕，而神槍手竟然是一位妙齡女警小梓。

「驗屍結果與我當天在現場目測的吻合。死者中了神經毒劑身亡。經過連日的調查，我心目中有一個疑犯。不過，恐怕我心存偏見，要知道……」

「任何人即使大聲宣告自己是『客觀』的忠實信徒，卻身不由己追隨『主觀』的腳步。」不等高皆說下去，三位下屬齊聲接下去。

高皆哈哈大笑。

「這裏有一個箱子，你們將心目中的嫌疑人物寫下，投入箱子裏。我們來做個測試。」高皆說。

結果，投下的名字，完全一樣呢！

也和高皆估算的是同一人。高皆非常愉快；客觀的足跡沒有偏差。

「你們逐個說出想法。」

「既然死者是中毒身亡，兇手一定具備醫學常識。」阿樸率先發言。

「死者最後一天的活動，早上是醫務所，中午是室內游泳池，晚上在便利店上班，期間見過大兒子。」說話的是阿慕，「游泳池和便利店都是死者每天日常的生活場景，只有醫務所和兒子探訪是死前的插曲。兒子沒有殺死父親的理由。剩下的就是醫務所的工作人員。」

「死者曾因為性侵罪和刺傷校長入獄，醫務所的顧醫生原來是校長的兒子。」女警一擊即中。然後問高皆：「阿頭，你又是什麼理由？」

「我的理由——暫時賣個關子吧！現在最重要的是如何找出真憑實據，逮捕疑犯，將他送上法庭。」

會議經過討論，大家必須承認，疑犯行兇手段非常精密。

「我往醫務所調查，顧醫生非常鎮定。醫務所姑娘說，顧醫生得到病人的信任，雖然一般認為他待人比較冷淡。」阿樸說。

大家交換了意見，不知從何入手。似乎，兇手已將可能性的證據毀滅。例如死者的手機，又例如，據死者的大兒子說，死者往村屋，是要找一封證明他清白的信，不過，信和手機都不翼而飛。

「更傷腦筋的是，連法醫官都奇怪，死者如何中毒，好像是皮膚融化，不過只是推測，畢竟發現時已是乾屍。」

這個時候，高皆取出一樣物件給三人看。那是一條羽毛。羽毛足有十吋長，淺褐色。

「這片羽毛在死者身旁拾到。」高皆揚一揚裝着羽毛的塑膠袋，「我非常肯定，是兇手留下的。比對頹廢風乾的現場，羽毛算是最新鮮。」

「或者是紅樹林棲鳥留下的。」阿樸猜測。

「不對。」高皆微笑，「我查過了，這種禽鳥，從前在崇山峻嶺上翱翔，現在則多由人飼養，馴服成一種有目的飛翔的飛禽。」

「阿頭，你的意思是……？」

「莫非這鳥兒配合着兇手一同犯案？」小梓立刻想到了。

「哦，那就破解得到死者如何中毒。兇手只要指令鳥兒飛入去落毒就可以了。」阿慕說。

高皆但笑不語。

「阿頭，難道你賣關子的線索就是這條羽毛？」阿樸問。

「阿樸，你記得嗎？我們一同上去醫務所調查。」

「當然記得，我負責查問，好讓你從旁觀察。我們一直都是這樣配搭，就像被馴服的鷹和馴鳥師配合一樣。」

「我們合作無間。」高皆給了阿樸一個拇指，續道：「正當你和顧醫生談話時，我留意到他檯面上，有一本銷售雜誌，介紹杜拜的馴鳥行情。我馬上想到拾獲的羽毛。」

大家都非常驚歎高皆的觀察力。

「不過，這個不是我鎖定醫生是兇手的原因。待破案再揭盅好了。由於馴鳥，我倒想到一個破案的辦法，需得大家來配合。」

＊　＊　＊　＊　＊

這一天，高皆從化驗所走出來，向守候的記者宣告，在村屋的死者口腔中，發現了另一種生物的基因。

「只等化驗報告出來，便可以破案。」高皆對記者說。

在馬鞍山的家，顧微塵關上電視，皺着眉，喃喃自語：「沒可能的。」

在顧微塵家門外守候的阿慕，見顧微塵走出來，心中一喜。「果然，給阿頭猜中了。」

「喂，目標上釣了。到你們出場表演。」他給手足發短訊。

顧微塵驅車向跑馬地進發，來到一家酒店，直往大堂的接待處。

「我要找一位住客，從杜拜來的，姓穆罕。馴鳥師。」指一指入口的告示牌，「一個杜拜旅遊發佈會。」

酒店職員禮貌地答應了。

顧微塵在沙發坐下，不久，升降機門打開，穆罕從升降機走出來，樣貌打扮和顧微塵收到的電子訊息完全一樣。由於他曾在杜拜進行一項交易，之後便經常收到相關的訊息。

穆罕身邊還有一位作行政人員打扮的女郎，樣貌相當年輕。女郎走去接待處，職員向顧微塵一指。女郎微笑走向顧微塵。

「請問……」

顧微塵自我介紹了。二人坐下，女郎向穆罕說了一句顧微塵聽不懂的話，包着頭巾穿長袍的穆罕依言坐下來。

女郎說自己姓張，是這次活動的公司代表。「穆罕先生只說阿拉伯語，請問有何貴幹？」

顧微塵開門見山，道明來意：「早年我在杜拜買了一隻飽經訓練的鷹，是該批鷹中最優秀的。近年我把牠訓練得更出類拔萃，可以做更高難度的動作……」

說到這裏，張小姐示意顧微塵停下，讓她翻譯。只見穆罕留心聽着，最後他猛搖頭，張開雙臂，大聲說話。

「穆罕先生說你侮辱了他作為馴鳥師的專業，沒可能的，你不可能自己訓練。」

「我尊敬所有的馴鳥師，若不是我買下的鷹那麼出色，我什麼都不能做。」

「那你到底訓練牠做什麼？」

「牠蒙着眼也能成功穿過任何障礙物。」

張小姐又再翻譯，穆罕不再哇哇大叫，面上盡是憤怒，因為鷹習慣是無礙飛翔。

「不過，短期內我要去維也納，不能帶上飛鷹。我想送給穆罕先生，我會負責一切的運費。」顧微塵急急道明來意。

會面不歡而散，穆罕先生一再強調，顧微塵是冒牌馴鳥師，他所說的都是假話，拂袖離去。張小姐頻頻說對不起。

「請問穆罕先生什麼時候回杜拜？」顧微塵問。

「後天離開香港。」

「我會證明給你們看的。」

顧微塵也急急離開。他不知道，馴鳥師和代表，其實是阿樸和小梓假扮的。

顧微塵中計了，他往收藏飛鷹的地方出發，這個地方，就是他的故居，兩位老人家都已經過身了，守着故居的，是媽媽生前的忠心女傭。

「喂，阿頭，最重要的時刻，輪到你上場了。」小梓變回幹探，給高皆傳訊。又掛電話給阿慕：「你找到手機了沒有？」

原來，顧微塵離開住所之後，阿慕便在他的家中進行搜索。

「當然，搜索要用力氣，也要用腦袋。」

「你有力氣，也有腦袋，所以你找到了。」阿樸搶過電話說。

兩個小時之後，顧微塵現身偏僻的故居，從手提袋取出眼罩和手套。

「少爺，你回來啦！」女傭出來迎接，女傭已屆退休年齡。

大屋旁一個五十平方的木棚，木棚中間有一個木架。推開門，一雙炯炯有神的眼睛精準地望向主人。

「來，我們來飛翔。」

顧微塵幫鷹戴上眼套，自己也戴上特製的手套。

一走到屋前，鷹的肌膚繃緊，羽毛飄蕩，颯颯有聲，蓄勢待發。

顧微塵曲起拇指和食指，預備吹口哨。

忽然，後面響起一把男聲：「既然死了，沒關係。」

鷹聞聲起撲，飛向高空，循聲音的方向疾馳。停在說話的男人手臂上。

嚓——

力度之猛，男子身體不由自主向旁一側。鷹爪在新簇簇的特製手套上留下清晰的爪痕。

高皆！

「啊！」顧微塵轉身，面容扭曲。

＊　＊　＊　＊　＊

高皆向手下解釋：「我喜歡從動機出發。因為顧役人擅長耍手段，人脈廣闊，即使死了，在政圈界仍然有影響力。最近，他的兒子顧微塵獲推薦，極有可能出任世衞的高層。」

「如果死者證明清白，他爸爸的醜聞便會被揭發，那麼顧微塵的出任也毀於一旦。他有強烈的動機殺害死者。」阿樸進一步解説。

高皆點頭：「顧役人臨死前叫兒子監視死者，而顧微塵曾在杜拜看見飛鷹表演，便想到這個方法。我跟他錄口供時，他坦白承認了。」

「阿頭，為什麼你説『既然死了，沒關係』，鷹便向你飛過來？」

高皆不語。

「不如讓我來解釋。這是死者説的最後一句話。」阿慕説。

「我估算顧微塵不會毀滅手機，而是藏在家中。他的家沒有安裝任何防盜系統，所以手機不在屋內。當他離去，我在他屋前小花園看見一個手製的小池塘。我想，手機一定在小池塘內。果然，手機被重重包裹，埋在塘泥下面。

「手機完好無缺，仍能運作正常。死者其實並不打算還自己清白，當年他被誣告性侵一位女學生。後來女學生自殺死了，還寫了一封表白信給死者認錯。

「死者來到村屋，將那封信毀滅；他也預備留下長住，避開兒子。臨睡前，接了一通電話，是顧微塵打來的。最後，死者在電話對顧微塵說：『既然死了，沒關係』。」

「原來如此。」大家似明非明。

高皆再解釋：「顧微塵招供說，打電話給死者，是要量度死者與自己身處位置的距離。當時，他帶着的鷹已在附近。不久，他讓鷹飛進去，鷹能避開障礙物。鷹把毒劑膠囊準確投下，膠囊有黏液塗層，一掉下，便黏住沉沉大睡死者的皮膚上，迅速溶解。當鷹飛回來，再待一會兒，顧微塵走進去，要確定死者已毒發身亡，清理現場。他取走手機時，順便打開來聽。所以，鷹同時也聽了三次這句話。」

「一次是顧微塵在電話通話時聽到，另一次是在村屋內重開電話時聽到的，第三次又是什麼時候？」小梓問。

「顧微塵在死者身邊聽了電話錄音，關上手機後。連他自己也無法解釋，他又重複了一遍。」

「那麼，鷹總計聽了四次，而不是三次。阿頭，還有你剛才說的一次呢！」阿樸提醒高皆。